Wolfgang Hermann
Paris Berlin New York

Wolfgang Hermann

Paris Berlin New York

Verwandlungen

Limbus Verlag

Bibliografische Information der Deutschen Nationalbibliothek: Die Deutsche Nationalbibliothek verzeichnet diese Publikation in der Deutschen Nationalbibliografie; detaillierte bibliografische Daten sind im Internet über http://dnb.d-nb.de abrufbar.

(überarbeitete Neuauflage, 1. Auflage 2008)

Einbandgestaltung: © Johanna Rüdisser
Druck: Finidr, s.r.o.

ISBN 978-3-99039-063-4
www.limbusverlag.at

«An den Zäunen, an den Strunken von Obstbäumen und an den Rändern der Dächer hing unsägliches Eis. An mehreren Planken waren die Zwischenräume verquollen, als wäre das Ganze in eine Menge eines zähen Stoffes eingehüllt worden, der dann erstarrte. Mancher Busch sah aus wie viele ineinander gewundene Kerzen, oder wie lichte, wässrig glänzende Korallen. Auch war eine wolkenleere, finsterblaue Luft bis in die Baumzweige herunter.»

Adalbert Stifter, *Die Mappe meines Urgroßvaters*

«Ist's der gleiche Mond und der Frühling
der gleiche Frühling von einstens?
Bin denn nur ich ganz allein stets derselbe
geblieben!»

Ariwara Narihira

Paris

Durch wie viele Verwandlungen einer geht. Der dicke jüdische Junge, der, den Talmud unterm Arm, den Rabbinern hinterherging; seine ältere Schwester versprach ihm Kakao und Schokoladekuchen zum Trost; er sah zu Boden, nickte nur, ohne den Blick zu heben. Und ich musste an den dicklichen, rotbackigen Jungen denken, der beim Kuchenessen gierig nach der süßen Sahne schielte. Dieser Junge war ich gewesen, in einem anderen Leben, lange bevor … bevor was?

Ich gehe *nur* durch Verwandlungen. Scheinbar sind sie gering, bleibe ich doch derselbe. Die Tatsache, dass meine Freunde mich wiedererkennen, ist noch kein Gegenbeweis.

Es genügt, dass ich die Rue de Belleville verlasse und über die Place des Fêtes gehe, die an die römische Borgata erinnert oder an die Wohnsilos Ostberlins, um jede Idee von mir selbst zu verlieren. Ein paar Schritte weiter, auf den Wiesen der Buttes-Chaumont, kommt mich ein ganz anderes

Gefühl von Unwirklichsein an. «Ich bin nichts anderes als der Ort, an dem ich mich befinde.» Ist das die Formel meiner Verwandlung? Ich bin nichts weiter, nicht mehr als mein Ort: Ist das nicht alles, was man wünschen kann? Und mehr? Das Ideal jedes Zen-Schülers verwirklicht: «Ganz da im Hier und Jetzt»? Nein, mein Am-Ort-Sein ist weit weniger: Die Orte, durch die ich gehe, sie gehen durch mich hindurch, erfüllen mich mit ihrer Schwere, ihrer Trägheit, geben mir die Leere, das Stummsein oder die Redseligkeit, im schlimmen Fall die Geschwätzigkeit, die mich traurig zurücklässt. Im Grunde gibt es nur zwei Fragen: Was sind die Orte? Und: Wer bin ich an diesem, an diesem, an jenem Ort? Der Philosoph Hegel stellte die Frage nach dem «sinnlichen Diesen», und er befand, dass das Dieses keinen Bestand habe, dass es sich in ein sich ewig und überall wiederholendes «Dieses-Hier», «Dieses-Dort» erweitere, und hob es deshalb auf in seiner aufsteigenden Stufenleiter des Geistes, der sich zur Weltgeschichte erweitert und aus dessen Aufhebungs-Maschine es, erst einmal in sie eingetreten, kein Entkommen gibt. Die Frage, die ich mir nach dem Ort – und dem Menschen, der ich an diesem Ort bin – stelle, ist anderer Art. Es ist keine Philosophen-Frage, und eben deshalb, fürchte ich, ist sie unbeantwortbar. (Die Fragen der Philosophen sind meist Scheinfragen, auf die es am Ende dann nur die vorausgesagten Zirkelschluss-Antworten gibt.)

An einem schönen Montagnachmittag im September, gegen fünf Uhr, ging eine Gruppe von vielleicht hundert festlich gekleideten Juden, die Männer den Talmud in der Hand, die steil abfallenden Wege der Buttes Chaumont hinab. Immer wenn der Menschenstrom abzureißen schien, erschienen weitere Männer mit weißgrauem Bart und Hut, Knaben und Jünglinge, die Kippa auf dem Haar.

Es war ein hoher jüdischer Festtag, der sogenannte Versöhnungstag, der sich vom Buch Levitikus herleitet: «Im siebten Monat, am zehnten Tag des Monats, sollt ihr euch Enthaltung auferlegen und keinerlei Arbeit tun, der Einheimische und ebenso der Fremde, der in eurer Mitte lebt. Denn an diesem Tag entsühnt man euch, um euch zu reinigen. Vor dem Herrn werdet ihr von allen euren Sünden wieder rein. Dieser Tag ist für euch ein vollständiger Ruhetag, und ihr sollt euch Enthaltung auferlegen. Das gelte als feste Regel. Der Priester, den man gesalbt und an Stelle seines Vaters als Priester eingesetzt hat, soll die Sühne vollziehen. Er soll die Leinengewänder, die heiligen Gewänder anlegen. Er soll das geweihte Heiligtum, das Offenbarungszelt und den Altar entsühnen; dann soll er die Priester und das ganze Volk der Gemeinde entsühnen. Das soll für euch als feste Regel gelten: Einmal im Jahr sollen die Israeliten von allen ihren Sünden entsühnt werden. Und man tat, wie es der Herr dem Mose befohlen hatte.»

Mein erster Gedanke war der an mein Heimatland, wo man des Anblicks von Juden – mit Ausnahme einiger verborgener Orte in der Wiener Innenstadt und jenseits des Donaukanals – als ein «Heutiger» gänzlich entwöhnt ist.

Und ich fragte mich beim Anblick der hundert unter den Bäumen zum Gebet versammelten Juden, die von den Passanten unbehelligt ihre Glaubenssätze murmelten, wie wohl mein eigenes Volk, das man aufgrund seiner Geschichte nicht mehr anzusprechen weiß, auf eine solche friedliche Versammlung reagieren würde.

Die Städte, in denen ich in diesen letzten Jahren lebte, sie haben mich verwandelt. Es scheint, ich habe keinen Widerstand gegen sie, lasse sie ganz in mich ein, werde, was die Stadt in mir wird. Ich denke, wie man in ihnen denkt, bin traurig, wie man in ihnen traurig ist, gehe, wie man in ihnen geht, erfüllt von ihren Bildern, ihren Gerüchen, ihren Unausweichlichkeiten. «Niemals der Gleiche, und immer Derselbe, verdammt, diesen trägen Leib mit mir herumzutragen, den Gassenwinden ein Spiel, nackt im kalten Herzen der Stadt.» Ist es also das, was meine Wirklichkeit ausmacht?

Im Restaurant ein Windhauch, eine junge Frau setzt sich an den Nebentisch, sie bestellt Vor- und Hauptspeise und Dessert in einem Atemzug, schon wird serviert, und schon stürzt sie den ersten Bissen hinunter. Sie isst zuerst das Dessert, mit einem Lächeln erklärt sie mir, sie esse während des Tages nicht, deshalb sei sie abends sehr hungrig. Sie sagt: «Es ist wie ein Fest, wenn ich ins Restaurant komme.» Sie hat ein schönes, leicht abwesendes Lächeln. Vielleicht ist es der

Hunger. Sie sagt: «Die Leute essen zu Mittag, und nachmittags sind sie müde und faul. Ohne zu essen, bin ich den Tag über voll Energie. Und am Abend habe ich Hunger für drei.» Ihr Blick ist sehr eindringlich. Ich stelle keine Fragen.

Ein Stuhlrücken, eine Tasche wird auf einen Tisch geworfen und ein Mann setzt sich an einen anderen Nebentisch. Er klopft mit einem Löffel auf ein Glas und die Bedienung erscheint. Er bestellt hastig, mit Gesten, die zu verstehen geben, dass er in Eile ist, und auch, dass er einer der Menschen ist, die ein Recht haben, in Eile zu sein. Er trägt Anzug und Krawatte. Er verschlingt sein Essen lieblos, und wortlos scheint er uns andere dafür verantwortlich zu machen, dass es nicht schmeckt. Schließlich wirft er das Besteck auf den Teller, macht eine abwertende Handbewegung, und es wird abserviert. Warum ich das notiere? Weil ich die ganze Zeit hindurch, während ich mit dem hungrigen Mädchen sprach, später, als wir schweigend den unzufriedenen Geschäftsmann ertrugen, *jemand anders* war, jemand, der sich in eine Situation fügt, jemand, der teilnimmt, sich öffnet, zurücknimmt, sich unsichtbar macht, um es dem anderen leichter zu machen. «Der bin ich, der teilnimmt, nichts, niemand sonst.» Wirklich? Man lebt immer im Glauben, jemand zu sein, und am freiesten ist man – wäre man –, wenn man mit dem Ort, der Situation übereinstimmte, wenn man – aus freiem Willen, aus Fügung – nichts als der Ort, nichts als die Situation wäre.

Später am selben Abend stand ich auf einer Brücke und ließ mich von Passanten nach dieser und jener Sehenswürdigkeit fragen. Bereitwillig gab ich die nötigen Fingerzeige, fertigte einer Gruppe von englischen Teenagern einen kleinen Plan an, mit dessen Hilfe sie Bars und Diskotheken finden könnten, in die man als Tourist sonst keinen Fuß setzt. Die junge Horde war abgezogen, ich stand in der Mitte der Brücke und musste über mich selbst lachen. Über mich selbst?

«Der Ort ist es, der spricht.»

Und die Reise, immer wenn sie bevorstand, geschah etwas mit mir, eine Verschiebung im Verhältnis der inneren Kräfte. Meine Aufmerksamkeit, die sich, etwa gebündelt von einer Arbeit, über die Tage hinweg auf einer bestimmten, manchmal glücklichen, manchmal weniger glücklichen Stufe erhalten hatte, wurde schon Tage vor der Reise gebrochen, verwandelt, umgestaltet. Zu Zeiten guter, andauernder Arbeit – die mich die Schwelle des Tages leichter passieren ließ – bedeutete die heranrückende Reise eine unliebsame Unterbrechung, der ich aber, kaum über den Wolken, oder die Stadtgrenze im Reiserhythmus des Zuges hinter mich gebracht, eine andere Farbe, die der Freiheit, abgewann. War ich in den Tagen vor der Reise untätig und lebte ohne die «zweite Ordnung» der inneren Arbeit, so richtete mich die bevorstehende Reise neu aus, gab meinen Schritten ein eigenes Ziel. Ich lebte mit den vorgestellten Bildern des anderen Ortes, aber es war mehr ein Träumen, ein Ungläubigsein, manchmal auch ein Gefühl des Verlusts, würde ich doch wieder einmal eine mühsam zusammengeschusterte Ordnung gegen erneute Ungewissheit eintauschen.

Am schwierigsten war der Vorabend der Reise: Unruhig, mit dunklen Vorahnungen ging ich durch die Straßen, fragte mich, ob der Aufbruch wirklich das Richtige wäre, jetzt, zu diesem Zeitpunkt und an jenen Ort. Aber der Morgen mit seinen hastigen Handgriffen, der Fahrt im Taxi, den Durchsagen am Flughafen, dem Gedränge am Bahnsteig nahm jedes Zögern von mir, und im Augenblick, da ich in der Maschine, im Zug Platz nahm, war die Begeisterung der Reise mit mir.

Welcher Art war die Verwandlung? Die Dinge rückten an ihren Ort, die Schönheit der Straße leuchtete niemals so stark wie beim Abschied von ihr – eigene Anmut der im Frühlicht, unterm Zischen der Spritzwagen auf den Champs-Élysées ins Büro hastenden Sekretärinnen –, die Zurückgelassenen, das eine irgendwo für einen schlagende Herz, noch ins Traumgeflecht gewoben, sie lagen klar und schön und gut da, eingebettet in den Körper der Stadt wie in einen Kokon, wo sie sich verpuppten, wo sie schöner und schöner wurden, je unwiderrufbarer der Abschied anwuchs. Ihre Phantome begleiteten den Scheidenden noch ein Stück Wegs auf seinem Flug in der Morgensonne, doch irgendwann, als die scharfen Schluchten der Stadt längst heckwärts verschwunden waren – und die Maschine von Kaffeegeruch erfüllt –, verschwanden die Geister, kehrten zurück zu ihren Trägern, die ihrer bedurften. Immer wenn ich morgens sehr früh über die Brücken und aus der Stadt rollte, nahm ich mir vor, künftig früher aufzustehen und im ersten Tageslicht die Stadt zu Fuß zu durchqueren. Aber schon Tage später, irgendwo in einem anderen Land, hielt mich die Müdigkeit über Gebühr in ihrem Gespinst, und ich kam erst spät aus dem Bett. Und so war es Tag für Tag, die Nacht hatte zu große Macht über mich, als dass ich ihr widerstehen konnte, und die wenigen Male, da ich im ersten Frühlicht zu Fuß eine Stadt durchquerte, war ich über die Zeit mit Freunden gesessen, oder, seltsamste, seltenste und zugleich urälteste Verwandlung von allen, eine Frau hatte mich und ich sie angesehen, und man war, ohne dass viel geredet worden wäre, Seite an Seite durch die stummen Straßen gegangen, war irgendwo in einem zwielichtigen Schuppen in einer Ecke gesessen, Augen nur für den anderen, ringsum eingesunkene Nachtschwärmer beim Gulyasfrühstück mit Cognac, dann ins frischere Frühlicht hinausgetreten, wo man unendlich losgelöst unter den mit Aktenkoffer zur Arbeit hetzenden Angestellten ging. Das waren seltene, triumphale Augenblicke, und wir, die sie lebten, wussten um ihren Wert. Das Leben unendlich gedehnt, unendlich reich mit einem Mal, und das Augenpaar, in dem man sich wiedererkennt, spiegelt, war das offene Tor zu diesem anderen, unendlich schönen und unendlich verletzbaren Leben. Was konnte es mehr geben, als mit *diesem* Menschen im Arm durch die erwachende Stadt zu gehen? «Hör nur, wie laut sie ist, die Stadt, sieh nur, wie sie leben, die Menschen, komm, lass uns uns irgendwo verbergen – in der Beuge deines Arms, wo niemand uns findet. Und warum kann das Leben, das jetzt zu mir spricht, überreich, schöngestaffelt und gut, mich, den Hungernden, nicht immer so reich beschenken? Jahrelang lebe ich im Verlies der Bewegungslosigkeit, bei Wasser und Brot, Trägheit, nichts als Eins-und-eins-ist-zwei um mich … Jetzt, dieser Reichtum, der immer da ist, verborgen …»

Nicht nur jede meiner Städte, auch jede meiner Straßen hat mich verwandelt. War es nicht ein Anderer, der den langen Viale Tica am Stadtrand von Siracusa entlangging, mittags, auf dem Weg von der winterfeuchten Wohnung in der Vorstadtsiedlung stadteinwärts, wo ich beim *Ierone I°* an «meinem» Tisch zu Mittag aß, ein Anderer, der später den Corso Umberto entlang, hinüber nach Ortigia, am Hafen flanierte, wo sein Atem ruhig ging wie der Windhauch in den Steineichen bei *Lungomare,* so still, so leise, dass er nach Stunden des Schauens, des Lesens den Gleichklang fühlte zwischen dem leisen Hauch in den Baumkronen und dem anderen Hauch, der sein Leben war. Ein anderer, der durch den kleinen Garten bei der *Capitaneria di porto* ging, vorbei an der Fontana Aretusa mit ihrer alten Sage und den schon immer dort schnatternden Enten; ein Anderer, der auf der Piazza del duomo stand, wo die Mauern von der letzten Lichtspiegelung auf dem Meer widerstrahlten, Schwalbenflug um die Palme hinter der hohen Kirchhofsmauer. Und ein Anderer, und ein wieder Anderer in den ockergelben Straßen von Noto, im Winterdämmerlicht, die blitzenden Augen der ganz in Schwarz gekleideten Alten, in der Bar von Piazza Armerina, mit dem Dorfpriester, dem man auf die Schulter klopft und der beim Grappa sein Lächeln zeigt, ein Anderer in den schwarzen Straßen von Palermo, in den noch schwärzeren von Catania, und später, oder früher, die Zeit zählt nicht, ein Anderer, mit anderem Schritt, in den himmellosen Straßen von «Westberlin» (die Grenzbeamten des anderen Staates bestanden auf dieser Bezeichnung), wohin er immer wie in einen schwarzen Schlund zurückkehrte. Und ein wieder Anderer der Student, der durch die graue Winterstadt Wien ging, eine Verlorenheit im Herzen, wie sie größer in der Wüste Taklamakan nicht sein kann. Anfangs die kleinen Fluchten von dort, wo ihm alles erstorben schien, nach Venedig, nach Rom, nach Florenz, nach Padua, nach Korsika, nach München, Kopenhagen und Stockholm, Tage, Wochen, aus denen später Monate wurden, bis es nur noch die unendliche Reise gab, ohne Ziel, ohne Rückkehr, und allmählich verschwanden die Bedeutungen, ebensogut wie in Hamburg konnte er in Ahrensburg Halt machen, und selbst seine Vaterstadt war schon beinahe eine Kleinstadt unter anderen.

Wer war ich also in den wechselnden Städten, und was machten die Städte aus mir? Davon ein Resümee geben zu wollen, hieße wohl, mich zu überheben. So muss ich mich ans Erzählen von einzelnen Erinnerungsstücken halten, den unsichtbaren Weg gehen.

Müde ging ich durch den staubigen Tag. Die Straßenschluchten schienen erfüllt von einer cremefarbenen, schweren Luftmasse, die die Augen verkleinerte, die Bewegungen lähmte. Ich war langsam von der nördlichen Peripherie stadteinwärts herabgeschlendert, mit steifem Nacken und wackligen Knien. Von den schmaleren Straßen war ich in die breiten, querlaufenden Avenuen gelangt, bis ich unversehens auf dem großen, offenen Raum der Place de la République stand, wo die Wagen im Spätnachmittagsstau steckten. Irgendwo zwischen den erhitzten Motoren der schlanke Leib einer jungen Radfahrerin. Von der hinteren Plattform eines Busses flog mir ein fester, dunkler Frauenblick zu, und ich spürte, wie sich mein Rücken aufrichtete. Ein paar Seitenstraßen flusswärts, und ich betrat eine jener Brasserien, wo neben der Bar immer eine Schlange für Zigaretten und Telefonkarten ansteht. Ich stellte mich bei einem Glas an der Bar auf, zu beiden Seiten flankiert von plaudernden Männern, die ihr Feierabendgläschen tranken. «Das glaubst du nicht, sag' ich dir, das glaubst du nicht», sagte der eine, und der andere fragte: «Was glaube ich nicht, was? Nun sag schon.» «Nein, es ist nicht zu glauben, nein nein», sagte der andere ohne Ende, während er sein Glas hob. Vom Flipper das endlose Klacken, Stoßen und Rütteln eines Dauerspielers. Und der junge Bursche, der mit starrem Blick am Fenster hockte, stand auf, warf eine Münze in die Jukebox und spielte Madonna. Beim «Tabac» kamen und gingen die Leute, kauften Zigarettenstangen, fragten nach Kuverts und Briefmarken. Ein blasser Bursche fragte nach einer Telefonkarte, und der Wirt sagte: «*Das* muss eine Liebesgeschichte sein, die du da am Hals hast, Junge.» Und der blasse Junge lächelte zerstreut und nickte. Der Wirt drehte sich zu uns herüber: «Das ist schon die zweite, die er heute kauft.» Einer an der Bar nickte und sagte: «Die Liebe, ja ja, die Liebe», und er drehte sich herum und sagte: «Ach, vergiss es.» Nach und nach waren die Rufe und das Lachen an der Bar lauter geworden, bis sie, von der Jukebox begleitet, zu einem eigenen Rhythmus fanden, zum «Vorabendrhythmus», in den sich jetzt die ersten Lichter der Straße einfügten. Ich lehnte am Tresen und fühlte den Raum um mich, die Körper der Männer, ihre Stimmen, die Musik aus den Lautsprechern, und draußen, in der richtigen Entfernung, die Körper der Passanten, die Wagen, das schwere Stocken der Busse. Augen, die zu uns hereinsahen, nur Augenblicke, wie kleine Feuer. Ich leerte mein Glas, strich mit der flachen Hand über die Stelle, wo ich am Tresen gestanden hatte, und war bereit für den Abend in der Stadt.

Eine andere große Verwandlerin war und ist die Begegnung zweier Menschen. Ich vergegenwärtige mir die Geschichte einer Liebe – war es nun meine eigene oder die eines Andern? Wen kümmert's?

Die Frau war jung und beschäftigte sich mit den Künsten, mit modernem Tanz und Malerei und Schauspiel. Im Gespräch mit ihm sprach sie immer wieder von ihrer «Aufgabe», womit sie ihre Bestimmung als Tänzerin oder Malerin oder Schauspielerin verklärte. Für die Deutung der Zeichen, die auf die Bühne, vors Publikum führten, hatte sie ein eigenes System zur Hand, und ihre künftige Berühmtheit war gleichsam nur ein Nebeneffekt ihrer spirituellen Arbeit, mit der sie die Leute erhellen wollte. Das alles erklärte sie ihm mit durchdringendem Blick als einem Schüler, der den Worten einer Entrückten lauscht, und so nahm er es auch hin, ohne viel Worte zu machen. Sie ließ es aber nicht darauf beruhen, sondern deutete sein Schweigen als Unvermögen, ihr zu folgen, und wenn er, um ihrem allzu schwerelosen Flug entgegenzuwirken, eine nüchterne Feststellung folgen ließ, kanzelte sie ihn als einen von denen ab, die nicht aus eigener Schuld, sondern mehr aus spiritueller Unterentwicklung niemals begreifen werden. Wie eine Krankendiagnostikerin erklärte sie ihm, dass er an allem nur das Schlechte sehe, was eine Art Vorbelastung sei. So kam es, dass sie sich schon in den ersten Tagen stritten, und einmal, als sie ihm am Telefon anstelle eines Ja oder Nein auf seinen Vorschlag einer Verabredung erklärte, dass er einen negativen Charakter habe, legte er auf. Eine Stunde später lag sie in seinen Armen und sagte wieder und wieder, ihr Verhältnis solle rein körperlich sein, denn darüber hinaus verstünden sie einander ohnedies nicht. «Ich weiß, was du von mir willst. Du willst mich ganz für dich haben. Aber ich gehöre niemandem, ich komme und gehe, niemandem, hörst du, ich bin ein Nomade.» «Aha», sagte er und schwieg. Auch das freilich legte sie zu seinen Ungunsten aus und als er dabei war, auf und davon zu gehen, drückte sie sich an ihn, ließ das Feuer in ihren Augen spielen und sagte: «Nimm mich, los, und schlag mich. Ich weiß, du willst mich benutzen, tu es, ich will es, ich will es.» Und so ging es Wochen und Monate, ohne dass das erlösende Wort fiel. Das erlösende Wort war die Geste, waren ihre Münder, ihre Hälse, ihre Lippen, und ihr Ort des Verstehens war das Bett. Er schien sich darein zu fügen, wenn es auch manchmal wie in einem trüben Spiegel gebrochene Bilder vom Zusammensein, vom Füreinanderdasein gab. Aber wenn er nach einer guten gemeinsamen Stunde einen Schritt in Richtung auf ein solches Weiter getan glaubte, kam eine Bemerkung, ein Übelwollen von ihr, der Traum verpuffte, und er wollte nur noch fort von ihr. Er war es denn auch, der sich in Schweigen hüllte, nachdem sie ihm im Streit die Tür gewiesen hatte. Es fügte sich, dass er für längere Zeit verreisen musste, und er gab kein Lebenszeichen. Über einen Freund besorgte sie sich eine Serie von Telefonnummern, und irgendwann hörte sie weit weg am anderen Ende der Leitung seine Stimme. Sie sagte, es tue ihr leid, sie habe sich dumm verhalten, das sehe sie jetzt ein. Sie wolle, dass er zu ihr zurückkäme, sie wolle nichts anderes, nur das. Und sie sagte, sie sollten zusammen wohnen, und sie lasse ihm alle seine Zeit, tagsüber habe sie den Tanz, die Kurse, und abends könnten sie zusammensein. Sie könnten aneinander so viel Freude haben, ob er das denn ganz vergessen habe?

Er schwieg, ließ sie sprechen. Dann sagte er, vorerst wolle er bleiben, wo er sei, die Fremde tue ihm gut, und man werde sehen.

Er kam nicht zurück. Er fühlte sich frei, wie er war, und lange Zugreisen an die verschiedenen Landesenden bestärkten ihn in seinem Gefühl.

Wochen, Monate vergingen, und er war längst in die Stadt zurückgekehrt, ohne bei ihr anzurufen. Er traf alte Freunde, streifte allein durch die Stadt, entdeckte vieles neu.

Eines Abends stand sie ihm an einer zugigen Ecke gegenüber. Sie waren unbeholfen, und je förmlicher sein Ton wurde, desto mehr spürte er Kälte in ihr aufkeimen. Für einen Augenblick blitzte Hass in ihren Augen. Sie sagte, in der Zwischenzeit sei «viel geschehen» – sie liebte es, ihn zu verletzen –, und dabei sah sie ihn vielsagend an. Mit einem dahingesagten Versprechen, einander «einmal zu treffen», trennten sie sich. Monate waren vergangen, ohne dass sie einander sahen, als sie ihn anrief, ihm sagte, er könne kommen, um seine Bettdecke, die er ihr geliehen hatte, abzuholen. Sie verlasse die Stadt, gehe in die Staaten, wo sie ein überraschendes Angebot bekommen habe. Wenn er noch Verwendung für die Bettdecke habe, solle er am Abend des nächsten Tages kommen.

Am nächsten Abend, in ihren Räumen, war nach langen Augenblicken des Zögerns dieser Blick in ihren Augen, der an den Anfang und in ihre Arme führte. Still, warmes Herz, warme Haut, lagen sie beisammen, dann sprach sie. «Wo bist du die ganze Zeit gewesen? Wie konntest du von mir fernbleiben? Ich weiß, dass du Sehnsucht nach mir hattest. Ich *weiß* es. Nein, sag nichts. Jetzt wird alles gut. Wärest du nur früher gekommen … Ich fliege morgen. Könntest du nicht nachkommen? Ich kenne niemanden drüben, und die Stadt ist groß. Ich brauche Schutz. Wir könnten uns eine gemeinsame Wohnung nehmen. Wenigstens für die ersten Monate …» Er lag da, und die vergangenen letzten Monate erschienen ihm wie ein Augenblick.

Sie verwendete noch immer dieses Parfum. Plötzlich wusste er, dass das Gefühl in der Métro, jedes Mal beim Passieren ihres Viertels, Verlangen nach ihr gewesen war. Ja, er, dessen Augen mit einem Mal geöffnet waren, wusste jetzt, in diesem bereits verlassenen Zimmer, dass er sie von Anfang an geliebt hatte. Aber immer, wie eine Pflanze, über die wieder und wieder ein schweres Rad hinweggeht, hatte sich seine Liebe unter ihren Verletzungen zurückgezogen, bis sie schließlich unsichtbar war. Jetzt, an ihrer Seite, hatte sein Körper wieder eine Form, sein Herz war warm, die Brust weit. Und während sie sprach, sanft und leise, zog ihrer beider Geschichte an seinem Auge vorüber, blitzte in Einzelbildern auf, klar aneinandergefügt. Er wusste, dass es für sie beide zu spät war. Sie konnten einander nicht lieben, ohne einander wehzutun. Wie oft war Hass zwischen ihnen aufgelodert, hatte so vieles in Asche gelegt.

«Wirst du kommen?», fragte sie wieder und wieder, und er nickte unmerklich. Er wusste doch, dass es nicht sein konnte. So ging die Nacht dahin unter dem Atem der Liebenden, die einander ungläubig ansahen. Diese Nacht geschah irgendwo, ohne Verbindung mit dem Rest der Welt, war ein Schiff, das, ankerlos, schon aufgehört hatte, über dem Wasser zu treiben. Im Morgengrauen lag das Paar, zum ersten Mal wirklich vereint, im Schutz tiefen Schlafs, ein paar Stunden noch.

Aufgewacht im Dämmerlicht eines regnerischen Morgens, rollte er im Schutz des Frühlichts aus der Stadt, dem Flughafen entgegen. Die Wolkendecke brach auf, und die Wohnsilos der nördlichen Peripherie standen im feuchttrüben Morgennebel, der im Sonnenlicht wie sich lichtende Schleier aufstieg. Noch beim Schließen des Koffers hatte er gezögert und Zweifel an dieser Reise hatten ihn erfüllt. War es richtig, in die frühere Stadt zurückzukehren, zu ihr, die ihn so lange ohne Nachricht gelassen hatte? Dann hatte ihn ihr Telegramm erreicht, nur ein Wort: «Komm». Er starrte auf das Telegramm, und die Bilder überschlugen sich, traurige, schöne Bilder und Bilder von Enge und Verlorenheit. Jetzt, gleißende Spur, fort aus der sich verlierenden Stadt, hörte er tief in sich ihre Stimme, war ihm, als fühle er auf seinem Handteller die Wärme ihrer Wange. Eine neue Lust, mit ihr zu sein, erfüllte ihn, und während die Lagerhallen und Werksgelände sich langsam aus seinen Augenwinkeln schoben, zurückblieben, fragte er sich, weshalb er nicht früher aufgebrochen war, sie zu sehen. Dann saß er in der lichtdurchfluteten Halle, im Schutz fremder Sprachen, die Flugdurchsagen im Ohr. Die Ferne und Neutralität der Formen war wohltuend, und er sah den riesigen Körper des Flughafens vor sich, weit draußen vor der Metropole, zu dem die Menschen von überallher kamen, um durch das Nadelöhr der Reise zu gehen. Auf ein Lichtsignal hin formierte sich die Warteschlange vor dem Abfertigungsschalter, und an Kleidung, Gestik und Gesichtsformen erkannte er die Bewohner der längst verlassenen nördlichen Stadt wieder. Spät erst reihte er sich ein, es blieb noch viel Zeit. Dann, als noch ein kleines Häufchen von Reisenden vor den Schaltern stand, stockte die Reihe, und die Blicke der Frauen an den Bildschirmen gingen unruhig hin und her, begegneten einander. Auf die ersten Anfragen der Wartenden antworteten sie ausweichend, bis sie offen bekannten, dass in der Maschine kein Platz mehr sei. Erstaunen, dann Unglauben, dann Empörung machte sich unter denen breit, die ganz vorne standen, man sah einander an, sagte: «So etwas habe ich noch nicht erlebt!», die weiter hinten Stehenden drängten nach, man sagte ihnen, was los sei. Er fragte eine Frau am Bildschirm, und sie wiederholte ihren Satz. Er fragte nach einer Erklärung, und sie sprach von Doppelbuchungen, von ungünstigen Zufällen, die sehr selten einträfen. Ein Gutteil der Wartenden verstand die Landessprache nicht und er übersetzte. Eine junge Frau gestikulierte verzweifelt vor einer herbeigerufenen Vorgesetzten, sagte, sie sei gestern Abend aus Marokko angekommen, und ihr Anschlussflug sei ausgebucht und kein Platz mehr frei. Jetzt warte sie seit dreizehn Stunden auf ihren Weiterflug, und sie werde dieses Flugzeug besteigen, um jeden Preis. Die Frau am Bildschirm nickte wieder und wieder, sah ihn hilfesuchend an, denn sie verstand nicht. Er übersetzte, und sie sagte ihre angelernten Standardsätze. Man versprach ihnen, sie so rasch wie möglich auf eine Maschine einer anderen Fluggesellschaft umzulegen. Allerdings könne es kein Direktflug sein, sie würden mit zwei verschiedenen Fluglinien fliegen. Er sagte halb im Scherz, halb im Ernst zu den anderen Wartenden, dafür müssten sie eine entsprechende Entschädigung verlangen, zum Beispiel eine Woche freien Aufenthalt irgendwo an einem Ziel ihrer Wahl. Sie lachten, und im Scherz überbot einer den andern mit Schadenersatzforderungen. Er sagte, das Zeitalter des Fliegens sei vorbei, das funktioniere nicht mehr, die Zeit des Gehens sei wieder angebrochen. Und er erzählte einem alten, weißhaarigen Mann von Seumes Reisebuch vom *Spaziergang nach Syrakus im Jahre 1802* und von seinen abenteuerlichen Begegnungen. Die Augen des Alten begannen zu leuchten, und er erzählte nun seinerseits, wie er als Bub mit dem Hab und Gut der Familie auf dem Handwagen mitgefahren sei, bei einer Zwangsumsiedlung. Der Alte erzählte immer neue Wandererlebnisse, sagte, er würde gerne noch auf einem der Fernwanderwege in den Süden wandern, wenn nur das Gepäck nicht wäre. Der Jüngere warf ein, auf der Wanderung brauche man doch nichts weiter als ein zweites T-Shirt, eine Weste, eine zweite Hose, das alles habe in einem kleinen Rucksack Platz, und die Kleidung lasse er in einem Gasthof waschen. Der Alte erzählte von einem australischen Freund, der von Leningrad nach Spanien gewandert sei, zunächst freilich mit dem Zug, aber erst einmal im Westen angekommen, sei er den Großteil des Weges zu Fuß gegangen. «Natürlich hatte der seine Kreditkarte, und er wird auch nicht im Heu geschlafen haben ...» Inzwischen waren die meisten in einem Aufzug verschwunden, um auf ein anderes Deck zu gelangen. Der Alte und er malten noch an ihren Wandererfantasien, als die Stewardess, die sie führte, mit bleichem Gesicht aus dem Aufzug kam und anordnete, sie sollten alle zurücktreten. Ein herrenloses Gepäckstück stehe unten vor dem Aufzug, die Flughafenpolizei werde sich darum kümmern, sie sollten alle den Bereich evakuieren, sich möglichst weit entfernen. «Und jetzt auch noch die Bombe», sagte der Alte lächelnd, und sie schoben ihre Gepäckwagen. Ein Polizeibeamter rief aufgeregt, sie sollten sich sofort entfernen, er klatschte in die Hände, scheuchte ein Rudel Japaner auf, die nicht verstanden.

Eine Stewardess führte sie durch eine Sperre, wo das Gepäck geröntgt wurde, und sie versammelten sich bei einem Treppenabgang. Ihre Namen wurden aufgerufen, jeder hob, wie in der Schule, wenn ein neuer Lehrer die Klasse übernimmt, seinen Arm. Drei Personen fehlten. Er bat, sie über Lautsprecher ausrufen zu lassen. Eine Frau, deren Begleiter verschwunden war, sagte, er spreche die Landessprache und sei reisegewandt. Er werde bestimmt eintreffen. Sie seien Arbeitskollegen an der Universität. Vielleicht habe er nur rasch seine Familie anrufen, von der Verspätung wissen lassen wollen. Auf sie warteten ihre beiden kleinen

Kinder zu Hause, sie müsse die Maschine unbedingt erreichen. Die zweite vermisste Person war die junge Frau, die seit dreizehn Stunden auf ihren Anschlussflug wartete. Die dritte Person kannte niemand. Man brach auf, Treppen hinab, Treppen hinauf, fuhr mit dem Bus zur Maschine, schleppte das ganze Gepäck die Gangway hinauf, wobei diejenigen mit wenig Gepäck den Schwerbeladenen eine Tasche, einen Koffer abnahmen. Als die kleine Reisetruppe endlich im halbleeren Flugzeug saß, war man schon eine eingeschworene, wenn auch erschöpfte Gesellschaft, die sich rege über die Sitzreihen hinweg unterhielt, fast wie zu Zeiten der Schulausflüge, nur herzlicher, inniger. Ein großes Hallo ging durch die Reihen, als die drei Vermissten in der Maschine standen, einen Augenblick vor Schließung der Bordtüre. Wie Sieger eines Marathonlaufs gingen sie durch die Reihen, verschwitzt und außer Atem. Er saß neben einer Französin, und sie waren in ein Gespräch getaucht, als das Flugzeug abhob. Er bemerkte es erst, als er, tief in seinen Sessel gedrückt, die Windungen eines Flusses in der Ferne sah. Sie redeten und redeten, dann aßen sie und redeten, dann tranken sie und redeten, und er wusste gar nicht, worüber eigentlich, aber es war gut so. Dann brach das Flugzeug durch die Wolken, und sie landeten in einem grauen Tag in einem anderen Land. Bei der Passkontrolle sah er nach seinen Mitreisenden wie ein Hirte, der darum besorgt ist, dass ihm keines seiner Tiere abhandenkommt, und er übersetzte wieder, diesmal für die anderen, die jetzt im Ausland waren. Auf dem Weg zum Flugsteig bildeten er und die Ausländer eine Gruppe, und eine junge Frau erzählte, sie fliege zum ersten Mal in die nördliche Stadt, für zehn Tage, um an einer Bühnendekoration zu arbeiten. Ein junger Spanier, der bisher geschwiegen hatte, ahmte mit ein paar abgehackten Lauten das Deutsch des Zollbeamten nach, und alle lachten. Am Flugschalter fiel die Maschine für die Bordkarten aus, und wieder lachten alle. Die Frau an der Maschine sah erstaunt auf. Beim Betreten des Flugzeugs gab es überall ein Lächeln, ein Hallo, ein Winken. Er saß wieder bei der Französin, und eine junge Deutsche setzte sich zu ihnen, die in Paris gearbeitet hatte. Und alles begann von neuem: das Reden, das Essen, das Reden, das Trinken, das Reden. Er sagte, es sei zu früh, schon jetzt in der Stadt anzukommen, vielleicht könne man einen Umweg erwirken oder die Flugrichtung ändern. «Warum bleiben wir nicht alle zusammen, nehmen uns einen Bus, fahren irgendwohin, wandern los …» Und es war ein Rausch zwischen ihnen, der des Alkohols gar nicht bedurfte; alles war möglich, in den Bereich ihrer hellen Hände gerückt, wenn nur die Verwandlung geschah, die Trägheit, die Gleichgültigkeit aufbrach. «Der Alte dort, er sitzt wieder auf dem Handwagen mit dem Hausrat. Und sie, die junge Malerin, die mich offen und tief ansieht, ich könnte sie fortführen irgendwohin.» Schon lag der See im Süden der Stadt unter der Tragfläche. Die Wälder, die Straßenzüge, das Kongresszentrum, der große Park im Herzen der Stadt, dort, seine Wohngegend. Und sie, er spürte, dass sie in der Stadt war, er sah ihr Gesicht, einen Augenblick nur, und es war ihm, als lägen seine Finger an ihrem Puls. Wie sollte er ihr jetzt gegenübertreten? Kam er nicht aus vielen Orten und Zeiten, mit Zweijahresgepäck im Bauch des Flugzeugs, und durch die Ereignisse auf dem Flughafen wie in eine Ordnung geschlossen?

Über der Stadt war es ungewöhnlich hell. Beim Landeanflug sah er im Frühherbstwind schwankende Baumkronen. Er atmete tief ein und war da.

Berlin

Die ganze Nacht über das Rauschen des Windes in den Blättern der Silberpappel vor meinem Fenster. Im Morgenwind war es ein Rieseln, ein sanftes Streichen, ein Zittern, das durch den Baum ging.

Von einer langjährigen Reise zurückgekehrt, saß ich an dem kleinen Tisch am Fenster und sah hinaus. Zwischen den noch dunkelgrünen Blättern der Silberpappel das hellere Grün einer Rasenfläche und dahinter das schmutzige Grau eines Wohnblocks, Fenster über Fenster, Balkon über Balkon. Es war eine große Stille zwischen den Wohnblocks, dann und wann unterbrochen vom heiseren Gebell eines alten Hundes, nach dem eine zitternde Alte ihre Hand ausstreckt, und vom Rasseln der Elster, die sich hier in allen Bäumen aufhält. Schwere und Trägheit lag über den Dingen, die von der grauen Wolkendecke zu Boden gedrückt wurden. In ahnbarer Ferne hörte man das Schwellengeräusch der S-Bahn, und von einer unweit gelegenen Spreebrücke tönte es von den Wagen, je nach Windrichtung anhebend, nachlassend, an den leeren Samstagnachmittagen wie von einem Rundstreckenrennen. Hierher, an den Rand des Tiergartens, dieser stillen, abwesenden Insel im Herzen der Stadt Berlin war ich für ein paar Wochen zurückgekehrt, um meine Angelegenheiten zu regeln.

Eine eigene Unwirklichkeit erfüllte diese Wohnung, die sich fortsetzte, wenn man das Haus verließ, die Spree entlangging oder, unter den S-Bahn-Bögen hindurch, an der Akademie der Künste vorbei in den Tiergarten ging. Während der eineinhalb Jahre, die ich in der stillen Zone unweit vom Hansaplatz wohnte, habe ich nie ein greifbares Bild meines Wohnorts gehabt. Man war hier dem Körper der Stadt wie auf eine Insel entrückt, abgeschottet von seinem Lärm, seiner Unruhe, aber auch von seiner Kraft. War es das, weshalb es in dieser Wohnung, obgleich sie bequem und ruhig und hell war, kein Bleiben, kein Ausharren gab, weshalb ich immer wieder von hier fortmusste? Kaum in die Wohnung zurückgekehrt, mit den guten Vorsätzen der Rückkehr, war es das Schwerste, gegen die Trägheit, das Im-Tag-Versinken anzukämpfen, und es gelang nur durch stundenlanges Gehen an den südlichen Rändern der Stadt. Von dort ging ich manchmal zu Fuß zurück in die Stadt, verließ die breiten Ausfallstraßen, durchquerte grüne Enklaven, folgte den Gleisen der S-Bahn. Und die Stadt, die mir sonst form- und gestaltlos erschienen war, nahm unter meinem leichten Schritt Gestalt an, und ich fühlte das pulsierende Zentrum, dem ich mich näherte, fühlte die breiten Verkehrsadern, von denen ein Zittern noch weitab nachwirkte, und die sich inmitten der Stadt ausbreitenden Wüsteneien mit ihren aufgelassenen Schienensträngen, verfallenen Bahnwärterhäuschen, von Moos und Unterholz überwucherten Zonen. Die Dinge fügten sich zueinander, alles, das Geschehen auf der Straße hatte seinen Ort, und die Stadt war ein Körper, dessen Glieder im rechten Maß zueinander lagen, und in mir war heller Atem.

Nirgendwo sonst habe ich so sehr die Leere, die Abwesenheit des Lebens gefühlt wie in der künstlich am Leben erhaltenen Inselstadt Berlin. Oft erschienen mir die Straßen, die Orte, die Sätze der Leute, ja ihre Körper, ihre Gesten als Zitation, als Machwerk. So übertrieben und abwegig, wie das Leben in einer vom Rest der Welt durch eine Mauer abgeschotteten Zone nur sein konnte. Aber diese Stadt besaß auch eigene Qualitäten, die zu leben es manchmal nur eines Augenschließens bedurfte: Man konnte hier, für Augenblicke, Stunden, vielleicht sogar für Tage *ganz innen* leben – geborgen wie im Innern einer Muschel. Aber wie schnell kippte das um, und man erwachte inmitten eines Häuserhaufens, körper- und augenlos.

Aber ich war nicht mehr der, der die Stadt vor zwei Jahren verlassen hatte, um in Nordafrika zu überwintern. Ich sah hinaus auf die Silberpappel, hörte das mehr und mehr anhebende Dröhnen eines startenden Flugzeugs und fühlte mich wie einer, der sich selber darstellen soll.

Wer war ich also in Berlin? Hierher zurückgekehrt, um mir darüber klarer zu werden, muss ich mich beeilen, davon zu schreiben, denn mit jedem Tag meines Aufenthalts nimmt die Klarheit meines Blicks ab.

Das harte, mechanische Gewimmel in der U-Bahn, auf den Geschäftsstraßen ließ mich auf einen bewusstlosen Klumpen zusammenschrumpfen, der sinnlos einen Fuß vor den andern setzt. Dagegen war in den Leerzonen, auf den großen Kiesplätzen, in den Parks die Abwesenheit der Stadt wie ein Mangel an Kraft, ein Verlassensein. Die Dinge verfilzten sich, waren unecht und hörten auf zu sein.

Die Stimmen der Straße waren ein leeres Hin und Her, eine Welt unter Glas. Und ich fühlte, dass ich mit jeder Stunde tiefer in das kalte Verstummen ringsum eintauchte.

Ich saß auf einer Wiese im Tiergarten, ein junges Paar spielte Federball, zwei Männer hantierten an einem Höhengleiter, und da und dort saßen nackte junge Mütter beisammen und plauderten über ihre Neugeborenen. Irgendwo schwänzelte ein Hund, und unter einem Ahorn lag ein Späthippie mit einer Flasche Bier und einem Comicstrip. Die Paare saßen beisammen auf wärmesicheren Aluminiumunterlagen. Neben den Sitzgruppen lagen Trekking-Räder und Mountainbikes, und die Federballschläger waren aus neuestem Fiberglas. Haarbänder in den Haaren der Frauen. Oder das Haar nach hinten gebunden. Oder beides. Oder im Nacken ausrasiert. Jeans und Body, enge schwarze Schuhe, wie überall in den Metropolen. Und schleichende Gespräche über die neuesten Filme, Urteile vom Hörensagen, eine Theatergruppe, ein Freund spielt, es gibt Freikarten, ein neuer Mieter nebenan, er sitzt bis morgens um fünf am Computer, einander streicheln, «Kannst du mir die Uhrzeit sagen?», und der Blick auf die endlosen Kolumnen der Tageszeitung, Giftgas, ein

Rüstungsskandal, «Die schönsten Winterparadiese», «Wie gesund isst der Deutsche?». Und es ergibt kein Gefühl, keine Bewegung, keinen Schritt, mit dem ich übereinstimmte, alles ist lose und unverbunden, eine Inventarliste, Zitate, die «Leben» spielen. In den wenigen Tagen meines Aufenthalts hier wurde ich Teil der Leblosigkeit, der Zitatenwelt, von der in mir ich schreibe. Aus der Ferne könnte ich vielleicht «mit einem Strich» darüber schreiben, zügig, mit anderer Spannung in Bleistift und Handgelenk. Aber würde dem, was ich sagte, dann noch etwas entsprechen?

Ein Ort schließt den anderen aus. «Indem ich an diesem Ort bin, bin ich nicht an jenem dort.» Was weiß ich, fern von Berlin, über den, der ich in Berlin war und bin? Manchmal, sehr oft weiß ich aus der Ferne mehr. Nicht so, will mir jetzt scheinen, über den, der ich in der Ferne bin.

Deutschland, diese harte, große Maschine, ist nicht gut zu seinen Kindern. Man kann nicht sagen, dass es ihnen nicht genug zu essen gibt, und auch von den «äußeren Gütern», deren es doch, so der Philosoph Aristoteles, als Voraussetzung zum Glück bedarf, gibt es den meisten genügend. So sehr sogar, dass es in den Kneipen gleich welcher Metropole Deutschlands im Vorbeigehen nur eine

Handvoll Themen zu hören gibt: von der Reise in ein noch und noch exotisches Land, von der man eben zurück oder mit deren Vorbereitung man beschäftigt ist; von den Zerstreuungen, seien sie kultureller Art, den *Dates,* vom CD-Player mit dem besten Sound, Mountainbike, Jogginganzug, und vom eben absolvierten Tai-Chi-Seminar oder vom bevorstehenden Yoga-Wochenende oder dem Töpferkurs in der Toskana.

Was aber bleibt für einen, der sich aus alldem heraushält, dem jede Gruppenidentität fern ist?

Die Reise weitab, allein, womit er in die Rubrik «Erlebnis- und Individualreisender» fällt. In der Ferne, weitab, mit dem Schritt einer guten Fremdheit, gibt es dann auch die wirkliche Begegnung mit einem Reisenden aus Deutschland, der dann freilich nicht mehr Deutscher, sondern Mitglied der Familie der Namen- und Staatenlosen ist. So erinnere ich mich an eine Zugfahrt von Kalmar, Schweden, nach München. Am Bahnhof in Kopenhagen herrschte Chaos: Dutzende Züge standen an den Bahnsteigen, von denen niemand genau wusste, wann und wohin sie fuhren. Jeder fragte jeden, keiner wusste Bescheid, und überall sah man verstörte Rucksackträger, die mit ihrem Interrailkauderwelsch nach Orientierung suchten.

Ein Schaffner winkte mich schließlich in einen der Züge, ich las «Hamburg» und stieg ein. Im Abteil erklärte man mir, dass die Fähre Rodbyhavn-Puttgarden wegen Sturm nicht verkehre. Wir würden eine andere Route fahren, ein Umweg von ein paar Stunden. Eine Amerikanerin fragte mich, was los sei. Ich erklärte es ihr, und sie rief: «Aber das ist unmöglich, ich muss rechtzeitig in Frankfurt sein, sonst verpasse ich mein Flugzeug!» Wir zuckten mit den Achseln, einer hob bedeutungsvoll die Hände und ließ sie langsam mit einem hohlen Geräusch zusammenklatschen. Man sah die Amerikanerin verständnisvoll an. Ein australisches Paar – sie sagten, sie seien seit einem Jahr in Europa unterwegs, und man sah ihnen an, dass sie viel Zeit in Zügen verbrachten – schob die Sitze zusammen, streckte die Beine aus und richtete sich auf eine lange Fahrt ein. «Woher kommen Sie?», fragte mich ein Mann auf Deutsch. Ich erzählte ihm, dass ich die letzten drei Wochen in Borgholm, auf Öland verbracht hätte. Davor sei ich in Stockholm und Kopenhagen gewesen. Er sagte, er komme aus dem «Fjell», dem äußersten Norden Schwedens, wo er mit Freunden durchs Moor gewandert sei.

Inzwischen war unser Zug auf die Fähre verladen worden, und wir saßen bei Weißwein und «Danske Smørrebrød» im Schiffsrestaurant. Der Seegang war so stark, dass man beim Blick aus dem Fenster meinte, das Schiff kentere jeden Augenblick. Von den Scheiben rann das Wasser wie im Innern einer Waschgarage. Irgendwo an den hinteren Tischen saß eine grölende Sportmannschaft, deren Reihen sich mehr und mehr lichteten; wankend sah man einen nach dem andern in Richtung Toiletten entschwinden. Auch die Tische ringsum leerten sich nach und nach, und bald saßen mein Reisefreund und ich allein im Schiffsrestaurant. Wir tranken ein Glas Weißwein nach dem andern, und je höher die See ging, desto größer schien unser Durst zu werden. Worüber wir während der Überfahrt sprachen, weiß ich nicht mehr, aber ich erinnere mich noch an das Bild des blinzelnden, schlafenden australischen Paars, als wir in das schon nachtdunkle Abteil zurückkamen. Von da an verging die Fahrt nach Hamburg wie ein Augenblick. Durch den Teppich unseres Gesprächs blitzten die Schilder von Flensburg und Kiel, und am Hamburger Bahnhof, irgendwann mitten in der Nacht, reichten wir uns die Hände. Er sagte mir, er besuche seine Mutter, fahre am nächsten Tag nach Freiburg. Wir tauschten keine Adressen aus, vielleicht ahnten wir, dass das, was uns gehörte, unsere Reise war, und die Reise war zu Ende. Ich ging auf dem Bahnsteig auf und ab, bis mich ein schläfriger Außer-Plan-Zug nach München brachte.

Zwei Jahre nach dem Fall der Berliner Mauer fuhr ich zum ersten Mal nach Potsdam. Jenseits der Glienicker Brücke fuhr man wie in einer verlangsamten Zeit, und die alten Villen in den Platanenalleen waren von einer so tiefen Schicht Fremdheit überzogen, dass Erstaunen und Schauder in mir aufeinanderfolgten. Der andere Staat war von der Landkarte verschwunden, und doch war seine schon ausgelöschte Wirklichkeit noch in jedem Ding, in den Gesichtern und Gesten der Menschen, in den Straßen und ihrem eigentümlichen Licht anwesend. In manchen Straßen fühlte ich mich wie in einer ungarischen Provinzstadt, nicht weit vom Plattensee. Neue Geschäfte wurden eröffnet, alte Spuren beseitigt, und im «Holländischen Viertel» holte man ein Stück versunkener Zeit ans Licht. Eine seltsame Euphorie überkam mich, die Lust überall zugleich zu sein, alle diese Neuanfänge, Übergänge von einer Zeit in die andere zu sehen, mitzuspüren. In den Gärten von Sanssouci, in den römischen Bädern, im Charlottenhof war dann die alte Form, diejenige Schinkels da, die, um so vieles älter, unendlich nahe war. Erst die rostigen Gerüste und verrotteten Bauhütten hinter dem Neuen Palais brachten einen in die Gegenwart zurück. Gegenwart? Welche Zeit ist die Gegenwart? Diejenige des Alten, der später unter einer einzelnen, flackernden Lampe im düsteren Vorortzug nach Wannsee seine «Was wollen die Ausländer denn alle hier?»-Parolen vor sich hinleierte? Schmales Lichtband des rumpelnden Vorortzuges, der durch so lange verwaistes Land fuhr.

Später – ich hatte inzwischen neue Freunde im Osten der Stadt und in Leipzig gefunden – wanderte ich zu Fuß durch Ostberlin, weg von den breiten Hauptstraßen, wo überall die Schriften westdeutscher Einkaufsketten leuchteten, durch, graue stille Straßen, an deren Häusern der Verputz bröckelte, samt den Vorkriegslettern eines Schuhmachers, einer Schneiderei. Irgendwo schwarze Tücher, Graffiti, «Scheiß Bullen!», verbarrikadierte Türen und Fenster, besetzte Häuser. Am ersten Mai im ersten Jahr nach dem Fall der Mauer, für eine Handvoll

Tage in Berlin, hatte ich in einer Straße beim Käthe-Kollwitz-Platz die Mannschaftswagen der «Volkspolizei» gesehen, und später, mit brennenden Augen vom Kreuzberger Tränengas, hörte ich die düsteren Geschichten von Schlachten mit Neonazis und Skinheads um jene Häuser.

Am Bahnhof Friedrichstraße bestieg ich die S-Bahn, in der die Schihüttenwärme meiner Kindheit in den Vorarlberger Bergen eingesperrt war. Dem Lächeln nah fuhr ich durch das Niemandsland an der Spree, ohne Angst, denn das Kind, das ich noch immer war, war bei mir.

Von der Stille musste ich in den Lärm der harten Bar. Man geht hin, um etwas zu verlieren, weniger zu werden, man war zu rein, jetzt tut der Schmutz, der Lärm, der Rauch gut, das Bier aus der Flasche. Manche Mädchen, ihr schönes Haar, sie sind zu zart, zu zerbrechlich für diesen Ort, man will sich in ihnen reinwaschen. In einer Ecke zwei abgerissene Typen, einer trinkt Tee, er kann es sich leisten, sein Gesicht zeigt genug an Zerstörung, man glaubt ihm. Das harte Stampfen der Trommeln. Einer mit Sonnenbrille schaut nur, schaut. Sein Gesicht, bleich, so ernst, es gibt nichts Störendes an ihm. Ganz aufrecht sitzt er auf dem Barhocker, die Finger einer Hand spielen auf einer unsichtbaren Gitarre. Mit einem Mal leichtere Stimmen, dunkle Töne, eine Italienerin, die Bierflasche in der Hand, spricht sie mit einem Landsmann: «Mi chiami?» «Certo.»

Das Bier, der Ventilator versöhnen mit allem. Die Bar, dieser Schutzraum, manchmal ist es wie im Innern einer Muschel, man ist geschützt, fällt nicht heraus. Draußen, auf der anderen Seite der Wand, tobt das Leben.

Einer hustet, von tief unten, man hört, er ist immer in dieser Luft.

Ein Lächeln, ein leicht entrücktes Grinsen, das die Barbewohner kennzeichnet.

Eine Schöne geht auf die Toilette, ein Schimmern in den Augenwinkeln, das sie den Männern schenkt.

Ein Transvestit, sein Gesicht ist wie eine Maske, aufgestecktes Haar, hohe Absätze, mit einer schwarzen Aktentasche, roter Regenschirm, setzt sich hin, verschränkt langsam die Arme. Er hat etwas von einer Fledermaus.

Ein Mädchen mit cremefarbenem Blazer am Telefon. «Habe ich euch geweckt? Oh, das tut mir leid.» Sie passt nicht in die Bar, ist zu zart gekleidet.

Der abgerissene Typ hat noch einen Tee bestellt, stolziert mit seinen Cowboystiefeln an den Tresen, langt nach einem Stück Zucker, bröckelt es in den Tee. Nicht dass er von irgendjemandem etwas möchte, nein, er genügt sich selber, jeder kann es sehen.

Ein Mädchen mit Knautschlackjacke, das Haar an der Stirn gerade geschnitten, Prinz-Eisenherz-Schnitt, steht jetzt bei dem mit der Sonnenbrille. Er nimmt die Brille ab, er sieht aus wie Alain Delon vor zwanzig Jahren. Er hat Augenringe. Er schaut so, dass jeder versteht, dass er schön ist.

Irgendwann läuft *Blue Moon*, ein Atemzug lang Romantik, Bilder vom Meer, das glitzernde Mondlicht in der Bucht. Dann hämmern wieder die E-Gitarren.

Die Italienerin trinkt jetzt heißen Kakao am Tresen. Sie wohnt in der Bar, sie muss es nicht durch Biertrinken zeigen. Vor der Bar stehen sie unter dem Baugerüst, Schatten, Bierflasche in der Hand, reden sie, reden, sitzen auf Treppenabsätzen und reden, reden. Und die Nacht ist ein namenloses Loch, in das die Stadt stürzt, langsam, so langsam, niemand bemerkt es.

Noch einmal führt mich die Schleife, deren Lauf ich folge, zurück zu dem Schatten, der ich in jenem anderen Leben war. Kleinlaut, ängstlich, auf Vorsicht bedacht, setzte ich einen Fuß vor den andern, zählte meine Schritte und wunderte mich bei jedem von ihnen, dass mein Herz noch schlug. Ohne zu wissen wie, war ich ein Verstörter, Zögernder geworden, einer, der zwanghaft um sich selber kreist (und sich dabei zusieht), mit einem alten guten Wort: ein Hasenfuß. Eng sind die Kreise, die ein solcher Hasenfuß um sich zieht, unausweichlich geschlossen, und da er auf der Stelle tritt, versinkt er tiefer und tiefer im Morast der Angst.

Der Andere, der ich gerne sein wollte und der mir nahe war wie ein Freund, den man aus unerklärlichen Gründen vernachlässigt hat, dieser Andere lebte, ohne zu zögern, war ganz da, erfüllt von Leidenschaft, für die er jedes Risiko auf sich nahm. Er verlangte nach dem Leben, war auf der Suche nach ihm, jeden Augenblick, überall. Ich spürte, dass der Weg zu diesem anderen gangbar war, aber ich konnte das Tor nicht finden, hinauszutreten ins Licht dieses anderen Wegs. Stunden, Tage, Wochen ging ich in meiner Wohnung auf und ab, und es war ein Gleiches, wenn ich auf die

Straße ging. Ein Gespenst wanderte an den Bruchzonen Berlins – eines Gespensts würdige Orte wie die Jungfernheide, das Märkische Viertel, das Tegeler Schloss, die Siedlungen um den Flughafen Tempelhof, der Wannsee, der Schlachtensee, der Spandauer Forst, Kladow, die Gegend um den Görlitzer Bahnhof und immer wieder das Jagdschloss Glienicke –, wanderte, ging und ging, um nicht die Zerfahrenheit des Stillstands zu erleben. Das Unterwegssein, das Durchwandern der Stadt, die an so vielen wie ausgezehrten Stellen mit einem Mal verschwand, war über Monate die einzige Lebensweise. Es waren wirkliche Reisen, die ich innerhalb der Stadt absolvierte, mit der Freude des Aufbruchs, dem Fremdsein, dem Sich-Verirren und dem Zurückkehren aus unbekanntem Gebiet ins vertraute Netz der täglichen Schritte.

Manchmal nahm ich meinen Mut zusammen und vertauschte die schmale Landkarte meiner Schritte in der ummauerten Stadt mit einem lichtdurchlässigeren Ort irgendwo in Europa und fühlte im anderen Licht, in den anderen Farben der anderen Landschaft den anderen, leichteren Menschen in mir, der ich gewesen war und der von Neuem zu sein mich so sehr verlangte. Aber die Reise erleichterte mich nur für Tage, und noch während ich durch die Straßen von Noto, von Siracusa, von Amsterdam ging, spürte ich, dass mich alles von dem Menschen trennte, der schon einmal durch dieselben Straßen gegangen war.

Dennoch war die Reise alles, was blieb. Der Reisende musste sich in beständig wechselnden Situationen zurechtfinden, musste auf Menschen zugehen, um sich mit dem Nötigsten zu versorgen, und geriet auch immer wieder in den Sog von Menschen, deren Leben ihn verblüffte und mitriss. Dem Zögernden blieb dann keine Wahl, er musste sich in einen Handelnden, einen Teilnehmenden verwandeln, musste den Flecken Erde behaupten, auf dem er stand.

Nach Berlin zurückgekehrt, versank ich ein ums andere Mal in jenem Trägheits- und Leblosigkeitsschlund, der mich mir selbst zum Fremden machte. Ich hatte keine Wahl: mir blieb nur die unendliche Reise, von Stadt zu Stadt, von einer flüchtig gemieteten Wohnung zur andern, von einem windigen Zimmer in einem lausigen Hotel zum nächsten. So habe ich es bis auf den heutigen Tag gehalten.

Dem Kind war die Verwandlung immer ganz nah. Es lebte sie, war in ihr, ihren Schrecken, ihrer Freude ausgeliefert. Sie erwartete das Kind von einem Schritt zum andern, im leichten Schauder, wenn es mit kurzen Hosen durchs taufrische Gras rannte oder wenn es mit heißen Wangen und müden Beinen an einem Sommerabend sein Abendessen – Butterbrot mit gesalzenen Radieschen, dazu Kakao – auf den Stufen vor dem Haus aß, bald allein, denn ein Spielkamerad nach dem andern wurde nach Hause gerufen. (Ein wütender Pfeifton war für einen Nachbarsbuben das Signal, dem er immer prompt folgte. Ein klein wenig verachtete ich ihn jedes Mal dafür, dass er wie ein Hund parierte.)

Langsam rollten unsere Räder nebeneinander die Straße hinunter, wir saßen schräg im Sattel, auf der Stange, oder, die Beine grotesk verdreht, auf dem Gepäckträger. Und wir erzählten einander Schauergeschichten von der «Schilfbande» oder vom «Haus der jungen Arbeiter», wo manchmal ein Schrei gellte, eine Flasche zerklirrte. Oft sah man dort einen der grauen Polizei-Käfer vorfahren und malte sich wer weiß welche Gräuelgeschichten aus.

An einem Sommerabend glitzerte im Licht der sinkenden Sonne eine goldene Trompete. Ein Mann stand am Fenster und blies langsam, unendlich langsam eine romantische Schlagermelodie. Es war, als wäre der ganze Raum zwischen den hässlichen Fertigteilhäusern von einem goldenen Licht geflutet, das so lange andauerte, wie die Trompete spielte. Ich stand da, Arme und Beine vor Glück von Gänsehaut überzogen, und wollte, dass die Musik niemals aufhörte.

Wir zogen mit Kreide Linien auf dem Asphalt, das waren die Spielfelder, dann wurden die Mannschaften gewählt. Die beiden Ältesten oder Stärksten oder die besten Werfer (es waren immer die Gleichen) winkten ihre Favoriten herbei, und am Ende standen immer die gleichen zwei «Flaschen» da, verschämt und unglücklich, und jede Mannschaft wollte sie der anderen zuschieben, aber man teilte sie auf. Sie würden ja doch als Erste abgeschossen werden. Als «Freigeist» waren sie auch nicht zu gebrauchen, jede Mannschaft musste einen guten Werfer im Feld und einen als «Freigeist» haben, und der Ball musste so schnell wie möglich zwischen den beiden Feldern hin- und hergehen, so blieb den anderen keine Zeit zur Gruppierung oder zur Flucht. Das war, seltsamer Name, das

«Völkerball»-Spiel, und wir spielten es den ganzen Sommer über, Abend für Abend. Unmöglich, zu Hause beim Abendbrot zu sitzen, wenn draußen die Rufe der Kinder beim «Völkerball» gellten. Schnell schlang man das Essen hinunter, stürzte mit einem dicken Butterbrot in der Hand aus dem Haus, rief nur ein «Jaja» über die Schulter, wenn die Mutter sagte: «Komm aber rechtzeitig heim.» Wir spielten, bis wir einander in der Dämmerung kaum noch sahen. Nur der dumpfe Aufprall des Balls zeigte an, dass jemand getroffen war.

Die Schenkel glühten noch von der Sonne, als sich unsere Stimmen in alle Richtungen verloren.

Oft gingen wir nicht bei Anbruch der Dunkelheit nach Hause, sondern kletterten über Zäune in die Gärten der Nachbarn, wo wir Äpfel, Birnen, Pflaumen, Mirabellen von den Bäumen rissen. Immer wieder traten wir mit nackten Füßen auf Kapuzinerschnecken, ihre zermanschten Körper klebten als Brei an unseren Fußsohlen. Das Obst schmeckte nirgends so gut wie in Nachbars Garten. Noch habe ich den Geschmack der süßen Pflaumen auf der Zunge, und wie er plötzlich abglitt ins Ekelhafte – die entsprechende Farbe dazu war Braun –, wenn man den in ihnen hausenden Wurm zerbiss.

Ein nächtliches Erlebnis ganz anderer Art ist mir gegenwärtig, als wär's gestern gewesen. Ich war vierzehn und hatte noch kein Mädchen geküsst. Ein Mädchen aus der Nachbarschaft hatte in ihrem Garten ein Zelt aufgestellt. Es waren laue Sommernächte und sie schlief manchmal mit ihrer Freundin im Zelt. Eines Tages sah ich sie mit einem großen, schönen Mädchen. Sie sagte: «Das ist meine neue Freundin Irene.» Meine Ohren glühten, als ich im Innern ihren Namen wiederholte. Sie schien reifer und erfahrener zu sein, und es hieß, sie habe einen Freund, der sie mit dem Moped von der Schule abhole. Ich war traurig, denn ich hatte kein Moped, nicht einmal einen Ansatz von einem Schnurrbart.

In einer dieser Nächte, als ich eben das Licht gelöscht hatte, hörte ich an meiner Jalousie ein Geräusch wie von einem Kieselstein. Noch einmal das Geräusch, und noch einmal. Ich sah aus dem Fenster, da standen das Mädchen aus der Nachbarschaft und – Irene. «He Großer, komm herunter», riefen sie. Mein Herz schlug so schnell, dass ich kaum hörte, was sie sonst sagten, sie kicherten, das weiß ich noch, sie kicherten, und wieder: «He Großer, komm.» Ich sagte, ich müsse warten, bis meine Eltern schliefen. Wieder kicherten sie, und meine Ohren glühten, dass ich dachte, sie müssten sie eigentlich leuchten sehen.

Dann hörte ich Schritte auf dem Flur. Ich warf mich ins Bett, stellte mich schlafend. Die Tür ging auf, und mein Vater stand im Zimmer. Er sagte: «Du gehst heute nicht mehr aus dem Haus, ja?» Ich tat, als wäre ich eben aufgewacht und murmelte vor mich hin. Langsam, sehr langsam schloss er die Tür, ich hörte seine Schritte auf dem Flur, dann die Tür des Elternschlafzimmers. Ich setzte mich auf, sah aus dem Fenster. Die beiden Mädchen waren verschwunden. Sie mussten wohl gemerkt haben, dass etwas nicht stimmte. Ich rührte mich nicht, wagte mich nicht aus dem Haus, denn Vaters Ohren waren überall. Es war ein hellhöriges Haus. In den nächsten Jahren lernte ich die Haustüre lautlos schließen. Ich hatte meinen eigenen Schlüssel und kam nach Hause, wann es mir gefiel. Aber ich vermisse noch heute jene Nacht mit Irene, die niemals stattfand.

Im Jahr darauf wurden der Garten der Nachbarin und das Zelt zum Bereich meiner großen Verwandlung: Dorthin stahl ich mich mit einem strengbewachten blonden Mädchen aus der Nachbarschaft, das meine erste Freundin wurde. Ich spüre noch ihren Atem an meinem Ohr, ihre Unruhe und Angst, entdeckt zu werden. Eines Nachmittags nahm sie mich mit in die Wohnung ihrer Eltern. Sie musste ihren kleinen Bruder hüten, gab ihm Spielsachen und Kekse und schloss sich mit mir in ihrem Zimmer ein. Wir küssten uns ohne Ende, als ihr kleiner Bruder an die Tür trommelte. Er hatte Angst vor dem Alleinsein, so setzten wir ihn irgendwo auf einen Sessel und fuhren mit dem Küssen fort. Den ganzen Nachmittag zog sie immer neue Spielsachen aus dem Schrank, um ihren kleinen Bruder abzulenken, der nicht allein spielen wollte. Irgendwann schlich ich mich aus der Wohnung, gerade rechtzeitig, um den Sportwagen der Mutter meiner Freundin vorfahren zu sehen. Ich versteckte mich im Keller des Wohnblocks und wartete, bis sie mit dem Lift nach oben fuhr.

Der vernachlässigte kleine Bruder muss wohl seine Geschichte erzählt haben, denn von diesem Tag an durfte meine Freundin fast nie mehr von zu Hause weg, und einen Monat später verschwand sie hinter den Klostermauern eines katholischen Mädchenseminars, und ich sah sie nie wieder.

New York

Nach vielen Flugstunden öffnete er die Verdunkelungsklappe seines Fensters und sah ein weißgraues, gefrorenes Land. Das Land hieß Neufundland. Er sah eine kahle Felsenküste, von einer schnurgeraden Straße durchzogen. Dann wieder die weißen Wellenkämme des nördlichen Meers und, einen langen Augenblick später, eine weitere Küste, hinter der sich gefrorenes Land erstreckte, mit grünlichen, zugefrorenen Seen, Furchen, Jahrtausendinschriften. Ein breites, ausgetrocknetes Flussbett erweiterte sich küstenwärts zum Trichter. Über der unbevölkerten Küste, über die Eiswinde hinweggingen, stand tief unten ein Wolkenberg, der die Gestalt eines Eisbergs nachbildete. Dann verbarg sich alles unter einem weißen Wolkengerippe. (Die Uhr des Reisenden zeigte neun Uhr abends, und dort, von wo er aufbrach, war die Sonne vor vier Stunden gesunken. Für den Fliegenden würde sie noch stundenlang sinken.)

Später überflogen sie eine andere kältestarrende Küste, an der im Sonnenuntergangslicht die Dächer von Hütten glitzerten. Ein Wolkenhaufen hatte die

Form eines aztekischen Opfertempels. Dann türmten sich weiße Wolkenwände auf, die Eisbergen täuschend ähnlich sahen, als wiederholten sie die Gestalt des Landes, über dem sie standen.

Noch immer im Licht der sinkenden Sonne, strich der Schatten des Flugzeugs über die Städte Maines, wo sich Haus an Haus, Straße an Straße im Quadrat, im Viereck, in Rautenform schloss, und der Reisende fühlte, dass er in die Bienenstockunruhe der Städte zurückkehren würde.

An einem glasklaren Novembernachmittag saß ich auf der Anhöhe des Fort Tryon Park in Manhattan und sah hinüber auf die bewaldete Küste von New Jersey, die horizontweit den Hudson säumt. Nicht weit von mir meditierte ein junger Müßiggänger auf einem selbstgebastelten Instrument, einer Art Xylophon, und wiegte sich langsam zu einem indianischen Singsang. Vom Fuß des Hügels das monotone Brausen der Wagen auf dem Henry Hudson Parkway, uferwärts bis zur George-Washington-Brücke, wo die zweistöckig über den Fluss setzenden Wagen im Sonnenlicht blinkten.

Bilder von damals stiegen in mir auf, als ich als Vierzehnjähriger Friedrich von Gagerns *Marterpfahl* las, die weiten fruchtbaren Ebenen, die am Oberlauf des Hudson auf die Planwagen der Siedler warteten. Und an diesem warmen *Indianersommertag* war mir, als hörte ich das Klirren des Eisenzeugs der Wagen, das Stampfen der Pferde, aber dann waren es doch nur die Schwellensprünge der Wagen auf dem Highway, das Donnern eines Flugzeugs, das in südlicher Richtung Manhattan überflog. Die Kinder auf dem Spielplatz an der Fort Washington Avenue riefen einander auf Russisch zu. Auf der Straße hörte ich fast nur russische Stimmen, alte Menschen, die ihren Einkauf nach Hause trugen. Eine alte Frau sagte in gebrochenem Pragerdeutsch zu ihrem Begleiter: «Er war Schriftsteller, zu seiner Zeit hochberühmt ...» Zehn Querstraßen lang ging ich durch diese Welt russischer Emigranten – in einem kleinen Elektrogeschäft kaufte ich eine Batterie, und die alte Frau hinter dem Ladentisch sprach leise ein zitterndes, hilfloses Englisch, so wie Kinder verlegen ihre Ware anbieten, wenn sie zum ersten Mal «Verkaufsladen» spielen – und ich wusste nicht, in welchem Land ich war, ob in Amerika oder irgendwo in einer Vorstadt von Minsk.

Hier, an den Randzonen, wo die Stadt New York ausdünnte, wo keine Glaspaläste die Schritte der Gehenden beschleunigten, war alles noch durchlässiger, einzelner, und die verschiedenen Kulturen, von Schritt zu Schritt einander ablösend, weitmaschiger ineinander verflochten.

An der Hundertfünfundachtzigsten Straße, vor dem Hebrew Tabernacle of Washington Heights, stand ein Rabbi auf dem Gehsteig und sah zum Park auf der anderen Straßenseite hinüber, wo jüdische Kinder spielten. Die Fahrer der Wagen, die ich in den folgenden Seitenstraßen sah, trugen sämtlich die Kippa.

An der Hunderteinundachtzigsten Straße, wo sich die Fort Washington Avenue in einer Senke, in der sich die Abgase sammeln, in den Stadtkörper einzugliedern scheint, endet das Viertel der russischen, jüdischen Einwanderer und chinesische Obstgeschäfte stehen neben Pizza-Schnellimbissen, vor denen junge Schwarze einander einen Ball zuwerfen. Mit einem Mal gab es wieder brasilianische, dominikanische, afrikanische, chinesische Gesichtszüge auf der Straße.

Ich querte die Lärmschneise des mehrstöckigen Highways, der über die George-Washington-Brücke hinüber nach New Jersey führt. An einer Ecke beim J. Hood Wright Park stand ich unter einem jungen Baum, durch dessen fremdartige Blätter die Pfeiler der George-Washington-Brücke im Zwielicht herüberglänzten, und eine Hundertschaft aufgeregt in der Dämmerung zwitschernder Singvögel war mein Dach. Als ich Augenblicke später den Blick hob, leuchteten im Park die Laternen, und die Scheinwerfer der ersten Wagen strichen über die Fort Washington Avenue. Irgendwo hupte ohne Ende ein eingekeilter Wagen, aus einem offenen Wagenfenster dröhnte Rap, ein Helikopter knatterte vom Hudson River herüber, und an den Tragseilen der großen Brücke irisierten jetzt grünweiße Lampen. Eine alte schwarze Frau blieb in meiner Nähe stehen und hob den Kopf zum Singvogelschwarm in der Baumkrone. Alle Ampeln in der Fort Washington Avenue waren rot, und im Augenblick des Umschaltens glitzerte die Straße wie der Weihnachtsbaum der Kindertage in den verschneiten österreichischen Alpen. Auch hier, an der abseits gelegenen Straße, war jetzt die heraufdämmernde *rush hour* zu spüren, müde Gesichter sahen aus den Fenstern eines Busses, wieder bündelten sich Hupen zu einem Lärmknoten, und alles stob auseinander, als die Sirene eines Feuerwehrzugs heulte. (Vielleicht ist es nur ein Bubentraum, aber wäre es nicht großartig, einmal mit einem Löschzug durchs nächtliche Manhattan zu preschen?)

Im letzten Dämmerlicht hatten die rußgrauen Mietskasernen zu beiden Seiten der Straße etwas Gespenstisches (der Gedanke an ein Leben in ihnen ließ mich erschauern), und von den schwarzen Feuerleitern sah ich aus tausend Hollywood-Streifen Menschen im Nachthemd flüchten, verfolgt von blind durch die Nacht schießenden Vorstadtgangstern.

Aus einem Wagen rief ein Dominikaner einer Frau auf der anderen Straßenseite zu, sie rief zurück, und während er losfuhr, lehnte er aus dem Fenster und malte Zeichen in die Luft. Und aus vielen der langsam im Stau voranrückenden Wagen das dumpfe Schlagen von Trommeln.

Ich ging den Broadway downtown im schmutzigen Licht der Imbissbuden, der Ramschläden, der Friseure, die wild gestikulierend ihre endlosen spanischen Reden hielten. Hier, in *dominican land* hörte man kein Englisch, und als ich an einem Kiosk nach der *New York Times* fragte, sah mich der Zeitschriftenhändler ungläubig an.

In einem Supermarkt in der Hunderteinundsechzigsten Straße sah ich Indios in einem Berg von Brasilnüssen wühlen. An den Blocks um die Hundertfünfundfünfzigste Straße trafen mich feindselige Blicke, die ich noch lange im Rücken spürte. Im Schatten der Seitenstraßen lehnten junge Schwarze an den Hauswänden, einer von ihnen trat auf die Straße, spuckte aus und warf Arme und Beine zum Rap aus dem Kassettenrekorder um sich.

Ich ging die Hundertfünfundvierzigste Straße hügelwärts, über die Amsterdam Avenue, wo man erhöht steht, mit freiem Blick auf die Lichter von New Jersey über dem Hudson River und nordöstlich bis ans Ende von Manhattan. Die Convent Avenue führt wie eine Stilleschneise nordsüdwärts, von Bäumen gesäumt, mit hohen Treppenaufgängen zu den Hausportalen – wirkliche «Konventsatmosphäre» –, und auf der Treppe einer Baptisten-Kirche begrüßte ein Priester seine Gläubigen zum Gottesdienst.

Später in der U-Bahn downtown die beiden Schwarzen, sie sprachen immerfort, einen Augenblick glaubte ich, sie sprächen miteinander, aber die Augen des einen sind nach oben verdreht, die des andern auf den Boden gerichtet, so ist jeder in seinen stammelnden Monolog geschlossen. An der Hundertfünfundzwanzigsten Straße stehen sie gleichzeitig auf, verlassen die U-Bahn, und jeder verschwindet in einem anderen Schacht.

Die dicke Frau neben mir stöhnte und ein Mann fragte: «Rückenschmerzen?» Und sofort pries er ein Wundermittel an, das ihn unzählige Male von Gelenkschmerzen befreit habe. Er habe in einer Kühlanlage gearbeitet, habe seine Arme nicht mehr bewegen können, aber «das Zeug» habe ihn immer vom Schlimmsten befreit. Und während sich unser Zug in den schwarzen Schächten an den *local trains* vorbeischob – für einen Augenblick dunkelten drüben im hellerleuchteten Wagen müde Gesichter –, begannen die beiden eine weitausholende Unterhaltung über die Unzuverlässigkeit der U-Bahn. Die Frau erzählte von einem nächtlichen Stromausfall, der sie zwei Stunden in einem Schacht gekostet hatte – «Zwei Stunden im stockdunklen Schacht, zwei Stunden im stockdunklen Schacht ...», sagte sie immer wieder –, und der Mann sagte: «Anstatt die Fahrpreise ständig zu erhöhen, sollten sie sie reduzieren.»

Das junge schwarze Paar neben mir hörte eine Weile regungslos zu, ehe das Mädchen mit seinen Magenpuffern, ihr Freund mit seinen Liebkosungen fortfuhr. Der Zug hielt an und der Mann, der in einer Kühlanlage gearbeitet hatte, brach mitten im Satz ab, winkte und sprang aus dem Zug.

Später – in einer anderen Welt, am Fuß der gläsernen Riesen von *midtown* – fragte ich in einem Computergeschäft nach einem Kugelschreiber. Der Mann an der Kasse drückte mir einen in die Hand, und wieder auf der Straße las ich darauf: «lst Act! Take Control of Your Day.» Ich lachte so laut, dass sich die Passanten nach mir umdrehten. Hatte mir der Mann nicht genau das in die Hand gedrückt, was ich jetzt brauchte?

Ich saß auf der letzten Bank des Busses und sah nach vorn ins Meer der roten Rückleuchten auf der Fifth Avenue, vorbei an den von Halt zu Halt wechselnden Körpern der Fahrgäste. Wir alle, wie wir da waren, in den Hohlraum dieses Gefährts geschlossen, wir alle, winzig wie Kieselsteine im Meer der hoch aufragenden Riesensteine zu beiden Seiten der Straße, waren in unserer Ameisenhaftigkeit Teil dieser unübersehbaren Stadt. Eben ging mein Blick von einem schönen weißhaarigen Mann auf der Straße hinauf zu einem Trainingsraum, wo schwarzgekleidete

Budo-Schüler gegen ihren Ausbildner anrannten, der jeden von ihnen mit einem einfachen, immergleichen Handgriff zu Boden warf. Und ich musste an den tschechischen Schneider denken, der mit einer belustigten Handbewegung gesagt hatte: «Aus Österreich? – Ich bin seit Neunzehnhundertneunundsechzig hier, ja, und es geht so, was soll's, ich bleibe hier, mich kriegt keiner mehr nach Europa zurück. Nur Gauner und Faschisten, die Leute dort. In Paris fragen sie dich, woher du kommst, sie klopfen dir auf die Schulter, dann rümpfen sie die Nase. Ich hab genug davon.» Dann atmete er tief aus und sagte: «Ist ja auch egal, wo man ist … wo man ist, ist man eben … es geht schon … es geht schon …»

Die Tür öffnete sich, und zwei Frauen standen im Restaurant, ein Kind an der Hand der einen. Die beiden sprachen mit französischem Akzent, und die französische Kellnerin sprach sie in ihrer Muttersprache an. Eine der Frauen war die Mutter des Jungen, und sie fragte ihn in der Landessprache, ob es ihm hier gefalle. Der Junge nickte und sog an seinem Daumen. «Sie haben doch Fisch, Mademoiselle», fragte die Mutter des Jungen, «nicht wahr, Sie haben Fisch?» Und zu ihrer Begleiterin gewendet: «Sorgen Sie bitte dafür, dass der Bub Fisch isst, ja?» Wieder zur Kellnerin gewandt, sagte sie: «Ich muss leider zu einem furchtbar langweiligen Empfang, Sie verstehen,» – die Kellnerin nickte freundlich – «eine dieser langweiligen Gesellschaften», und sie fuhr sich mit der Hand über die Stirn. «Schöner wäre es, hier beim Jungen zu bleiben. Leider geht das nicht», sagte sie und wandte sich zur Tür. «Sie sorgen doch dafür, dass mein Junge etwas Ordentliches isst, nicht wahr, Mademoiselle?» «Aber natürlich», sagte die Kellnerin, und mit einem Gruß an ihre Begleiterin, einem Kuss für den Jungen verließ die Frau das Restaurant. Die andere Frau, wohl das Kindermädchen, blätterte in der Speisekarte, und die Kellnerin fragte den Jungen, auf dessen Augenhöhe sie in die Hocke gegangen war, was er denn gerne äße.

Später erklärte das Kindermädchen, nicht auf Französisch, sondern in der Landessprache, dem Jungen die verschiedenen Gemüsesorten auf dem Teller und erzählte zu jedem Gemüse eine kleine Geschichte. Sie war geduldig und zärtlich, und die Augen des Jungen leuchteten, während er aß. In der Küche und hinter der Theke tuschelte man voll Freude über die beiden. Das Kind sprach wenig, und als sie gegessen hatten, fielen ihm die Augen zu. Das Kindermädchen bezahlte und plauderte mit der Kellnerin, die eigentlich Schauspielerin war.

Die ganze Zeit über, während dies geschah, war ein junger Mann mit leuchtenden Augen den Bewegungen der Kellnerin gefolgt, die wirklich mit jedem ihrer leichtfüßigen Schritte schöner zu werden schien. Sie war überall, sprach mit allen, «las den Leuten jeden Wunsch von den Augen ab», scherzte, war verführerisch und flog in ihrer ärmellosen Bluse wie eine gute Fee durchs Restaurant. Von Zeit zu Zeit trat sie an den Tisch des jungen Mannes, fragte lächelnd, ob alles in Ordnung sei, und der junge Mann lächelte zurück. Hätte ihn jemand aufmerksam beobachtet, er hätte bemerkt, dass der junge Mann den ganzen Abend mit dem ersten Satz rang, einem Satz wie: «Was machen Sie nach der Arbeit?» oder: «Gehen Sie nach der Arbeit manchmal aus?» oder: «Sind Sie schon lange in Amerika?» oder: «An welchem Theater spielen Sie?» Aber er sagte keinen dieser Sätze, folgte nur der Kellnerin mit seinem immer traurigeren Blick. Er hatte sie gefunden, die Frau, von der er «seit Ewigkeiten» träumte, aber er konnte den entscheidenden, selbstverständlich und doch harmlos, nebenbei und «ins Schwarze gesetzten» Satz nicht sagen. Er wusste, er würde einsam und traurig das Restaurant verlassen, wusste, dass die leere, kalte Nacht auf ihn wartete, und er konnte sich nicht entscheiden zu gehen. Er saß nur da, trank noch ein Glas Wein und sah vor sich hin. Seine kaum über den Tischrand reichenden Augen spiegelten jetzt die Geschichte des kleinen Jungen einer französischen Mutter, der kein Französisch sprach und der in diesem Augenblick wohl längst in einem Traumhimmel wohnte und darauf wartete, dass seine Mutter von ihrem langweiligen Empfang nach Hause kam und ihn im Schlaf küsste, irgendwo in einem warmen Bett unter einem Dach in einer großen Stadt irgendwo in Amerika.

«Und der Rhythmus meines Herzens wurde eins mit dem Takt der Polizeisirenen, den pausenlos Manhattan überfliegenden Flugzeugen, dem Donnern der Wagen im U-Bahn-Schacht.» Wirklich? Ja, für einen Augenblick, für diesen, für jenen, für deinen, für meinen.

Geh durch die Siebenundvierzigste Straße und sieh, wie Juwelen, Armbänder, Ringe und Ketten aus Gold getauscht, verkauft, gekauft werden, sieh

Arme, Beine, Münder dort, dicht an dicht, Juden, Inder, Araber, Männer in Maßanzügen neben anderen, die eben ihren letzten Penny verlieren. Sie alle haben nur ein Wort in ihren Mündern: Geld. Sieh, wie die Leben hier in funkelnde Steine eingeschrieben sind. Manhattan ist ein unterseeisches Riff und wir sind Fische, die nach Plankton schnappen.

Jeder von uns geht einer Idee entgegen, ohne sie je zu erreichen. Man fühlt, dass währenddessen das Leben verstreicht, man fühlt, dass man *ein Leben lebt*, während man geht, ein Kieselstein in der Menge der Steine. Eine Stimme, irgendwo, die «Weiter!» sagt, ein taghelles Geheimnis, das niemand auflöst. «Wo, an welcher Ecke ist das Leben, wo wartet es auf mich, mich, mich …»

In einem Umsteigeschacht zerrte eine Schwarze ihr schreiendes Kind an einem Arm hinter sich her, das Mädchen schrie, als führte seine Mutter es in die Hölle, und es schrie noch, als die U-Bahn durch den Schacht donnerte. Die Bahnsteige waren schwarz von regungslos stehenden Menschenschatten. Später ging ich wieder in den abgedunkelten Sälen des Metropolitan Museum langsam von Lichtkegel zu Lichtkegel, von Statuette zu Statuette. Vier Schritte vor der Statuette eines Heiligen wurde ich langsam, an Form und Ausdruck seines Gesichts erkannte ich – und zugleich mit diesem Erkennen fuhr mir eine eigene Wärme in Arme und Beine – seine Herkunft aus Süddeutschland, aus einer der Meisterwerkstätten in Konstanz oder Freiburg. So wurde ich immer ruhiger, immer stiller, immer langsamer, und mir war zwischen all dem Schweigen der mittelalterlichen Heiligendarstellungen so heimatlich zumute – Brand von Herbstfeuern hinter vom Holunder überwachsenen Holzschuppen und der feuchtwarme Duft von der Mostpresse von einem Bauernhof im Hatlerdorf, dem ländlichen Rand der Heimatstadt –, wie es nur einem sein konnte, der längst keine Heimat mehr besaß.

Wie in George Cukors Film *Pat and Mike* Katherine Hepburn das Tennis- und das Golfspiel nur so lange beherrscht, wie ihr überheblicher Verlobter, ein amerikanischer Mittelklassesunnyboy, ihr nicht dabei zusieht, so gibt es für jede Kunst – auch für die am schwersten zu beherrschende, die vom Leben – ihren «hohen Trick», ohne den nichts Meisterliches entsteht. Manchmal sind die Wege dorthin klar und einfach (so wie man im Traum wie selbstverständlich über eine Schlucht setzt, dem Rachen eines zähnefletschenden Tiers im Flug entkommt), weit öfter verschlungen und wie die Fasern eines Teppichs untrennbar ineinander verwoben. Für das Schreiben des ersten Satzes – an den dann das ganze Geflecht sich Zug um Zug anschließt – kann monatelanges, jahrelanges Warten, eine Begegnung in einer fremden Stadt, die Ahnung eines anderen Lebens, das man dann nicht mehr zu leben braucht, vonnöten sein, und der Schreibende tritt, als wären endlich alle bislang gültigen Gesetze von Versagung ungültig, in einen weiteren Raum ein, in dem das Licht sich hebt und in dem es für die wortlosen Dinge der Straße, des Lebens mit einem Mal – eine Stunde, einen Augenblick, einige Wochen lang – die ihnen entsprechende Geste, das ihnen gemäße Wort gibt.

Wenn ich mich, um dem Schreiben meine ganze Kraft zu geben, in mich einschloss, mich zurückzog, bleichten schon nach kurzer Zeit meine Tage aus, und alles schien unterschiedslos eins, gleichgültig, ob ich daran teilnahm oder nicht. Eine morgendliche Verpflichtung, eine Verabredung führte mich in sonst gemiedene Teile der Stadt, warf mich in die Menge der Hastenden, in ein lautes Café, ein überfülltes Restaurant, und meine Arme wurden leicht, eine Farbe schien in mir aufzusteigen, als lichteten sich die Nebel. Wie gut konnte es sein, sich den harten Formen des gemeinschaftlichen Tages auszusetzen, denn die Wendigkeit, die er von mir forderte, gab mir neuen Raum und frischere Augen. In solchen Augenblicken fragte ich mich, weshalb ich mein Leben in Angst und Vorsicht zubrachte, wenn doch ringsum der offene Tag wartete. Und mit der Bereitschaft zum Aufbruch kehrte auch die Kraft zurück. «Schwimmende Stadt, Stadt auf Inseln, auf Sand gesetzt, millionenfach vom Stahl gerippt …»

Das Schreiben, so meine Vorstellung, sollte leicht sein, von der Hand fließen, aber doch nicht allzu leicht, um keinen Augenblick die Berührung mit dem Geflecht des Tages zu verlieren, in das es sich einfügen sollte wie die anderen Gesten, das Gehen irgendwo am Rand der Stadt, das Schauen, die Stunden in den Vorortzügen, das Treffen von Freunden. Manchmal, wenn sich um mich das Licht verdüsterte, die Farben verblassten, suchte ich in meinem Stundengefüge nach einer Erklärung, gab diesem und jenem Umstand, dem zu lange in den Vormittag ausgedehnten Schlaf, der jeweiligen Stadt und ihrem Klima oder Ähnlichem die Schuld. Aber es konnte kein Sich-Bewahren, kein Sich-Reinhalten geben, wir alle waren Teil des großen Strudels, in dem Augenblick für Augenblick versank, ein Davonkommen gab es nicht, nur Scheitern, offenen Auges. «Überall Fallende, nichts als Fallende, dieser da, der Blinde im U-Bahn-Schacht, der Junkie auf der Parkbank, der Schwarze, der mit irren Augen laut schnaubend durch die Menge rast – warum solltest du davonkommen, dich retten, wenn sie alle es nicht schaffen werden? Die anderen, die Pappmaché-Gesichter der Fernsehsternchen, die Lieblinge der Illustrierten, deren Leben man für uns ausstellt, auch sie fallen, anders, glaub mir, ihre letzte, ihre beste, ihre *heißeste Story*, Untergang ...»

War es nicht auch gut, ohne das Schreiben zu sein und die Traurigkeit des Lebens bei jedem Schritt zu spüren? Alles war unverhüllt, nackt, härter und grausamer als zu Zeiten des Schreibens – und es war gut, durch diese Nacktheit die andere Nacktheit, die der Stadt New York zu sehen. (Ich kann die Augen der jungen Bettlerin nicht vergessen, die an einer Kreuzung in der Nähe der Bowery an einem U-Bahn-Aufgang saß, vor Kälte und Verzweiflung von Heulkrämpfen geschüttelt. Ihr Blick traf mich wie ein Messer. Ich gab ihr einen halben Dollar und ging weiter. Ihre Augen gingen mit mir, waren in mir. Ich ging zurück, zog eine Fünfdollarnote aus der Tasche und gab sie ihr. In ihren Augen war zugleich Erstaunen und Unglauben. Ich sagte: «Kauf dir eine Suppe, ja?», und ging. Als ich mich umdrehte, sah ich sie über die Straße humpeln.)

Später, in einem Café in Greenwich Village wiederholten sich beim Blick auf die Straße in mir die Farben von Amsterdam, ich sah auf und eine junge Frau lächelte mich an, als ich das Café verließ, und ich hatte ein Gefühl von Schatten hinter geschlossenen Gardinen. Dann donnerte ein gelber *Atlantic School Bus* durch die Straße, Fenster für Fenster ein schwarzes Kindergesicht.

Im Café nahm das Klappern der Teller zu, die Stimmen wurden lauter. Ich öffnete die Tür, und sie waren in mir, die müden Gesichter der schwarzen Schulkinder, während schon die Laternen flackerten und ich die Straße entlangging, wo eine Gruppe von Mädchen mit Katzenmasken ging – es war der Abend von Halloween –, im dunklen

Körper der Straße, an deren Ende die Lichttürme des World Trade Center aufragten.

Am selben Abend, in einem koreanischen Selfservice-Restaurant, ein paar Straßen weiter, saßen da und dort Einzelne schweigend vor ihrem Teller, nur ein russisches Paar sprach in einer Ecke. Aus einem Lautsprecher rieselte klassische Musik und der Koreaner an der Kasse summte falsch dazu. Die Tür wurde aufgerissen und zwei Kerle standen im Raum, mit gläsernem Blick, Zigaretten in der Hand. Mit schleifenden Schritten gingen sie am Buffet auf und ab, wobei der eine sagte: «Gutes Zeug, hey, das ist gutes Zeug, Mann …»

Eine junge Frau, die vorn an der Tür saß, hatte sich inzwischen hinter ihrer Zeitung verborgen. Alle Augen waren auf ihr, als einer der beiden im Vorbeigehen sagte: «Versteck dein Gesicht nicht, ich seh' dich im Spiegel …» Sie gingen am Buffet auf und ab, bis der Koreaner ihnen sagte – ein Grinsen und viele Verbeugungen –, dass Rauchen verboten sei. Der eine ließ sich in die Tür fallen, der andere rief noch: «Aber das ist gutes Zeug hier, hey, es ist gutes Zeug, hörst du …»

Dann war es wieder ganz still im kleinen koreanischen Restaurant, vor dem immer mehr Maskierte gingen, und Polizisten mit freundlichen Gesichtern.

An einem anderen Tag der Schwarze in der U-Bahn, der versunken vor sich hinsah. Mit einem Mal sah er auf die Uhr, glitt von seinem Sitz und auf die Knie. So kauerte er, das Gesicht in den Handflächen, und murmelte sein Gebet, stieß die Wörter hastig hervor, während die U-Bahn durch den Schacht donnerte, wir andern halb erblindet auf unseren Sitzen.

Später, am Fahrkartenschalter der Fähre nach Staten Island, erzählte mir eine junge Frau ihre Geschichte: «Mit achtzehn ging ich nach Minnesota. Eigentlich bin ich aus Arkansas. Minnesota war zum Sterben langweilig. Dann hatte ich einen Job in Chicago, wo ich glaubte, verrückt zu werden. Jetzt bin ich vierundzwanzig, lebe in New York und weiß noch immer nicht wohin. Vielleicht schickt mich mein Boss nächstes Jahr nach Paris. Ich wollte schon immer mal nach Paris.» Und mit einem Blitzen in ihren Augen verschwand sie langsam, wobei sie noch einmal ihre Haare zurückwarf, in einem unterirdischen Schacht.

Nach Mitternacht fiel der erste Schnee dieses Winters, dichter, als ich ihn je in einer Großstadt fallen sah. Langsam ging ich die Straße hinunter, zog meine Füße durch den Schnee und fühlte, wie sich die breite Avenue meerwärts dehnte, von wo der Schnee über Manhattan fiel wie in einen Hausflur, dessen Tür offensteht.

Ein *homeless* sprach mich um Geld an, er sagte: «Ich hoffe, es kommt von Herzen», als ich eine Münze in seinen Becher fallen ließ. Sein fester Blick durchdringt mich, ich spüre, dass das, was er sagt, nicht nur eine Formel ist, und ich bin beschämt.

Auf der anderen Seite der Straße werfen sie mit Schneebällen nacheinander. Einer von ihnen benutzt einen langsam rollenden Wagen als Deckung. Ein verirrter Schneeball schlägt knapp neben einem Schwarzen auf, der aus einem Deli-Store kommt. Er blickt nach dem weißen Fleck an der Wand, spielt den Schrecken nach. Er winkt nur und lächelt.

Ich stehe an einer Ecke irgendwo in der Fünfundzwanzigsten Straße, den Kopf im Nacken, das Fast-Nichts der Schneeflocken auf den Augenwimpern. Ich stehe da und ich kann nicht weggehen, ich bin wieder das Kind, im Schein der Laterne vor unserem Haus, die Augen in der Unendlichkeit fallender Schneeflocken – «Gibt es dort oben kein Ende? Ich möchte das verborgene Land sehen!» –, die Winterkälte als warmen Pelz um die Schultern.

Später rolle ich im Taxi langsam wie durch offene, weiße Keller den Fluss der Straße hinauf. Auf dem Broadway spielen Schwarze im Schnee Fußball. Und Manhattan ist hell wie nie.

Wenn ich die Zeitung lese, hebt ein Gewirr von tausend Stimmen in mir an, die klaren, nahen Bilder ziehen sich zurück und alles verwandelt sich in einander überstürzende Parolen, zerhackte Einzelbilder ohne Sinn, wie in einem Wettbewerb der Grausamkeiten. Dann möchte ich zurück zu den hellen Bildern, die noch vom Land der Kindheit herüberstrahlen in meinen zerstückelten Tag. Es ist so schwer, dieses Gefühl und seinen Lichthof, in dem ich für Augenblicke, vielleicht für Stunden lebe, zu bewahren. Du musst den Wechsel mitvollziehen, musst dich dem Dreck, der Grausamkeit des Tages aussetzen, musst tausend Windungen abgehen – dazu zehntausend zerstückelte Umschlagbilder wie in einem niemals endenden Videoclip –, um irgendwann, auf der anderen Seite des Schachts, wie ein Rohrpostbrief mit unleserlicher Botschaft nach oben zu kommen.

Die Nachtfahrten in der New Yorker U-Bahn, die Augen auf den Boden gerichtet, um den Blicken der Schwarzen auszuweichen, die nachts von Wagen zu Wagen pendeln, mit stechendem Blick ihre Gegner suchen. Einmal, nachts um drei, blieb die U-Bahn an der Hundertfünfundzwanzigsten Straße, tiefes Harlem, stehen, Stromausfall, Fitzgeralds *This side of paradise* auf den Knien, und im Stockdunkel des Wagens, in dem sich nach einiger Zeit die Umrisse der anderen abzeichneten, saß ich da, rührte mich nicht und wartete, wartete. Stimmen gingen, erst leise, dann immer lauter im Wagen hin und her, aber keiner rührte sich, jeder blieb, wo er war, und als nach einer Ewigkeit die Neonröhren flackerten, ging ein Aufatmen durch unser aller Körper, Schwarze, Puertoricaner, Dominikaner. Jetzt sahen wir einander zum ersten Mal an, ein Lächeln, *hey man*, es ist vorbei, und die Stimme des *attendant* im Zuglautsprecher war fast wie damals, als Mutter nach einer Nacht voll böser Träume rief: «Aufstehen! Es gibt Erdbeertorte!» (Und meinem Kinderkörper machte ich das Versprechen, ihn nicht länger zu vergewaltigen.) Bilder von der Ankunft in einer kleinen Stadt irgendwo in der Provinz stiegen in mir auf, ich sah – Erinnerung an einen Februarnachmittag in Avignon, als ich müde aus Paris kam – Taxichauffeure auf dem Bahnhofsplatz beisammenstehen und fröhlich plaudern, und über ihnen in den Platanen gimpelte ein Schwarm Spatzen. Die Zeit mit einem Mal wie wunderbar gedehnt auf diesen Plätzen in der französischen, italienischen, spanischen Provinz, man sitzt, eben angekommen, vor einer Bar im Irgendwo, lauscht den langsamen Stimmen der Passanten, ein hupender Wagen, aus dem der ledrige Gemüsehändler, Zigarettenstummel im Mund, winkt, und der auf dem Gehsteig ausgestreckte Wirtshaushund, der nur einmal blinzelt, wenn jemand vorbeigeht. Noch während man sich in einem alten Hotel an der Ende-der-Welt-Piazza ins Bett legt, fühlt man sie in sich nachzittern, die große Maschine der Stadt, der man entkommen ist. Nach dem ersten guten Schlaf weitab vom Zittern der Riesenstadt kehrt der *andere* Hunger zurück und mit Staunen bemerkt man, wie man langsamer wird, wie alles einzeln vor die Augen tritt, die Straße dort, das Nachbarhaus, das *Ristorante dell' Orologio* oder die *Auberge du Luxembourg*.

Man redet mit dem Briefträger, mit dem Bäcker, mit dem Wirt, jeder hat Zeit, so viel Zeit – und die Metropolen erscheinen wie Sümpfe, in denen die Zeit versinkt. Von hier möchte man ausgehen, im Einzelnen, im Kleinen bleiben, Zeit haben, und die Gesten, die man tut, die Worte, die man sagt, spüren. Nach zwei Wochen versteht man den nicht mehr, der man in der Metropole war, das Leben dort ist wie ein unentwirrbarer, heilloser Knoten von Tausenden von Signalen, Geboten, Merksätzen und «wichtigen Beschäftigungen», die, von der Stille eines Dorfplatzes gesehen, nichts als Belanglosigkeiten sind.

Aber warum, wenn du doch in Siena, in Siracusa, auf den Wanderungen bei La Mérindole unweit von Arles dich selbst ganz anders, ganz nah gefühlt hast – und mit diesem Selbstgefühl eine Art in der Landschaft zu sein wie nirgends sonst –, warum kehrst du dann wieder und wieder in die Metropolen zurück, in diese Zeit-Sümpfe, in denen dein Leben zerstückelt und unerkennbar vor dir liegt wie ein übergroßes Puzzle, das du niemals zusammenfügen wirst?

Vielleicht, weil es in den großen Städten die anderen Farben gibt, in die du an jeder Ecke gehst, Fremdheits- und Vertrautheitsfarben, die einen von Schritt zu Schritt in andere Leben führen. Vielleicht, weil man viele verschiedene Leben leben will und weil man nie weiß, an welcher Ecke dieses andere Leben einen erwartet.

Ist es nicht, als wäre ich hier in New York in eine andere Zeit versetzt? Das andere Licht, das hier die Straßen flutet, sich über den Häusern spannt, es gibt mir eine andere Richtung, und die Zeitdifferenz zu Europa ist wie ein magischer Sprung, auch wenn es dafür die einfachste Erklärung gibt (ich sehe die Freunde in den europäischen Städten vor mir, und ich freue mich wie ein Kind bei dem Gedanken, dass sie schon zu Bett gehen, während ich noch bei Sonnenschein durch Manhattan gehe).

New York, das ist vielleicht der Traum, den Dingen anders, näher (und auch von weit weg) ins Angesicht zu sehen, *alles* anders zu sehen, und vielleicht noch einmal einen großen Bogen zu ziehen – auch um das bisher gelebte Leben herum.

An einem Sonntagnachmittag im Dezember, bei Einfall der Dämmerung, stand ich am Fenster in der Wohnung einer Chinesin. Der Frost dämpfte die Geräusche der Straße, die wie von weither kamen. Aus der Imbissbude auf der anderen Straßenseite kamen Vater und Sohn – der etwa zehnjährig –, Texashüte auf dem Kopf, und schritten langsam, ihre Jacken offen, breitbeinig die Straße hinab, wie Yul Brunner in *Die glorreichen Sieben*. Die Neonlichter der Geschäfte übergossen die Gehsteige mit einem hellen Schein, auf dem die Schatten der Passanten wechselten. Die Wagen schlossen dicht an dicht aufeinander, und vor der Ampel stockte ein Meer roter Rückleuchten. An der Hauswand blinkten die einzelnen Buchstaben einer Leuchtschrift, von unten nach oben, von oben nach unten, und das Zimmer erhellte und verdunkelte sich nach ihrem Rhythmus. Aus dem Schlot eines der hohen, in Richtung Central Park gelegenen Glastürme entwich eine helle Rauchwolke, die vom landeinwärts wehenden Wind weggerissen wurde. Ich atmete tief aus und hörte mich sagen: «Niemand ist mir gefolgt. Niemand weiß, wo ich bin. Es gibt keine Spuren. Keine Spuren. Keine Spuren.» Ich drehte mich um und sah die Lichtreflexe der Straße, widergespiegelt auf dem Gesicht der Chinesin. Der Blick ihrer ausdruckslosen Augen ging aus dem Fenster, ins Leere, als sie von einem vergangenen Sommer zu erzählen begann: «Ich kam um neun Uhr morgens nach Hause, setzte die Sonnenbrille auf und schlief auf dem Diwan. Den ganzen Tag gingen Freunde und Freunde von Freunden und Leute, die ich noch nie gesehen hatte, in der Wohnung aus und ein, sie schliefen auf dem Flur, vor der Toilette, in der Küche, in ihren Kleidern, ohne Decken, die Hitze war unerträglich. Irgendjemand hatte im Bad den Wasserhahn geöffnet, alles stand unter Wasser, und niemand kam auf die Idee, das Wasser abzudrehen. Nachmittags ging ich mit einem Transvestiten durch die Straßen, wir aßen Seetang mit Reisbällchen, und er fragte mich, ob sein Gang nicht an Marilyn Monroe erinnere. Irgendwann war dieser Sommer zu Ende, alle Leute waren verschwunden, ich erwachte auf dem Diwan, nahm die Sonnenbrille ab und wusste, dass ich ganz woanders, ganz von vorn beginnen würde. Jetzt lebe ich hier und ich habe die andere Wohnung nie wieder betreten, obwohl sie nur fünf Minuten entfernt ist. Man hatte einen wunderbaren Blick auf das Empire State Building …»

Während ihre Worte sich mit dem Gelb der Taxis, mit den Schritten der Passanten im Licht der Geschäfte gegenüber verbanden, fühlte ich, dass dies einer der Augenblicke war, die ich nie vergessen würde, und der klare und kalte New Yorker Nachmittag draußen vor dem Fenster legte sich um mich wie das schützende Fell eines Tiers.

Ein paar Stunden später und in einem anderen Leben, am Ende der Eighth Avenue in Greenwich Village wurde ich Zeuge eines großen Sturms. Alles kam wie in einem Augenblick: Auf der windstillen Straße wurde es von Minute zu Minute wärmer, die Passanten öffneten ihre Jacken und plauderten gelöst. Dann fielen erste Regentropfen, eine Zeitung trieb die Straße entlang.

Mit einem Mal erfüllte der Geruch des nahen Meers die Straßen und die Luft schien weitmaschiger. Ein herrenloser Autoreifen rollte um die Ecke. Ein Klappern hob an, und als ich den Blick hob, sah ich ein Verkehrsschild im Wind schlagen wie ein Blatt Papier. Laternen schwankten und Ampeln sprangen auf und ab. Der Regen fiel jetzt horizontal. Über der Straße lag ein bleiernes Licht, in dem Plastiktüten und Zeitungen hin- und hertrieben. Ein Paar, das um die Ecke bog, wurde vom Sturm mit verkniffenen Gesichtern zurückgeschoben. Das erste Fenster zersprang, und eine lose Tür schlug unaufhörlich. Wagen fuhren schwankend an den Straßenrand, von überall hob ein endloses Hupen an. Ich stand zusammen mit einigen anderen an eine Hauswand gepresst und fühlte die Insel Manhattan, die ungeschützt war wie ein Schiff, das aufs offene Meer treibt. Und in mir war etwas zugleich

Fremdes und Nahvertrautes, das «New York-Gefühl», von dem ich wusste, dass es mich, wo immer ich sein würde und wie sehr ich es auch vergäße, nie wieder verlassen würde.

Und ebenso schnell, wie er gekommen war, verschwand der Sturm, irgendwo hinter der nächsten Hausecke.

Freilich könnte ich endlos Geschichten von Verirrten, Szenen der Straße erzählen, Erinnerungen an die Verwandlungen der Kindheit heraufbeschwören – erinnere dich nur an das «Küchenspiel», bei dem einer aus der Küche gehen musste, während die anderen für ihn «kochten», und man schob dann dem Opfer bei geschlossenen Augen die ungeheuerlichsten Mischungen von Süß und Sauer, Honig und Ketchup, Marmelade und Essig in den Mund –, aber ist nicht mein «Thema» das der Verwandlung, und geht nicht mein Verlangen danach, mehr von ihr zu wissen? Aber lässt sich überhaupt etwas von der Verwandlung wissen? Denn der, der nicht in der Verwandlung steht, weiß nichts von ihr, ahnt nicht einmal ihren Schauder. Der andere, der die Verwandlung durchläuft – ja, es ist ein *Durchlaufen,* manchmal auch ein *Durchspringen,* ein Augenschließen –, was sollte er anderes von ihr sagen, als dass er nicht weiß, wie ihm geschieht? Er könnte vielleicht ein Protokoll verfassen, wie die frühen Drogenprotokolle eines Walter Benjamin oder, später, die delirierenden Notate und Zeichnungen der Schüler Timothy Learys oder der Maler, die unter LSD Jahrhundertwerke zu malen glaubten, die sich am nächsten Tag als nichtssagende Stricheleien erwiesen. Nein, er könnte es nicht, denn die Verwandlung besteht gerade im Geschehenlassen, im Seinlassen. Man durchläuft die Verwandlung unwissend, mit vom «Wissen» abgewendetem Blick – vergleichbar den Charakteren in den Sophokleischen Tragödien im Augenblick der «kategorischen Umkehr» (Hölderlin), wo sie blind der Vereinigung ihres Schicksals mit dem göttlichen Willen entgegenstürzen. Ja, aber ohne das tragische Element, und ohne hinter den abertausend Verwandlungen einen göttlichen Willen ausmachen zu können. Sondern freitreibend auf dem namenlosen Meer des Tages, von «Person» zu «Person», von «Identität» zu «Identität», ohne mehr als einen Reisepass zu haben, der von ihr Zeugnis ablegt.

Sollte ich davon sprechen, was die drei Städte meiner letzten Monate – Paris, Berlin, New York – mit ihren jeweils tausenden ineinander verborgenen kleinen Städten, ihren unaufklärbaren Dunkelzonen und Treppengeschichten in mir bewirkt, welchen Menschen sie in mir geschaffen haben, ich wüsste nichts anderes, als von den Farben zu sprechen, vom Leben in Farben wie in Räumen, Nachtfarben, Tagfarben, Farbe der Dämmerung, Farbe der offenen, Farbe der geschlossenen Stadt.

Langsam rollt der Wagen die regennasse Küstenstraße entlang, langsam steigt der Blick hinauf zu den dunklen Hochtrassen, Lagerschuppen, aufgelassenen Tankstellen, hinter denen schwarzgrau, von einzelnen Lichterketten durchwirkt, die stummen, schweren Körper der Häuser an der Westseite Manhattans aufragen. Nebel liegt über allem, durchdringt alles. Langsam löst sich der Wagen vom steinernen Körper der Stadt, inselaufwärts, wo das Lichterband der George-Washington-Brücke über den breiten Flussarm reicht. Drüben am anderen Ufer des Hudson glimmen, von einzelnen Nebelbänken verschluckt, die Lichter von New Jersey. Fort, fort aus allem. Wie ein Schiff, das den Anker löst. Der Wagen hebt und senkt sich, von Welle zu Welle, bäumt sich bei einzelnen Fahrbahnbrüchen auf. Fort von den sich aufbäumenden Leibern, fort vom Atem, dem Schweiß der erhitzten Körper in den engen Gewölben. Fort aus den Gängen, Leib an Leib, Enge an Enge, Hass in ihren Augen, ein Messer irgendwo, und Schritte, Schritte, Körper auf den Treppen, nur ein Schritt noch, ein Schritt, und bei dir die Angst, das Auge, Schreie, erstickt, zersplitterndes Glas. Fort jetzt, fort von den sich aufbäumenden Leibern, fort aus den engen Gängen, fort von der Angst, dort, blinkende Klinge, und Schritte Schritte Schritte auf den Treppen. Im hohlen Bauch der Kirche winden sich noch die Leiber der Tanzenden, geflutet vom Licht, geflutet vom Schweiß, durchpulst von Tönen, auf den Galerien, unter den Scheinwerfern überall Körper und Rhythmus, augenlos, während auf den Treppen die Angst regiert, Schreie, das rote Wort EXIT, Atem, berstende Kehlen, Kreisgänge. Der Wagen ein dunkles Schiff, inselaufwärts, vorbei am Riff der sinkenden Stadt. In allen Fugen, zwischen den starren Körpern der Häuser die graue Milch des Nebels, nachtwärts, flusswärts. Fort von den geöffneten Rachen, den roten Kehlen, den ineinander verschlungenen Armen. Blicke starr wie Blicke von Tieren auf der Schlachtbank, fort von den Gängen, den Galerien. Ein Krüppel im Rollstuhl, an einer dunklen Kreuzung seine ausgestreckte Hand mit dem Becher, seine starren Augen, das Rot seiner Zunge, als er mit der Faust auf die Motorhaube des Wagens schlägt, Schreie, im Dunkeln zurückbleibt. Langsam löst sich der Wagen vom steinernen Körper der Stadt, inselaufwärts in die Nacht. Dichter, nebliger Wald, hügelwärts, ohne Woher, ohne Wohin. Und Lichter, langsam wie Augen von Fischen, schieben sich an uns vorbei. Es ist, als drehten wir uns auf einer großen Scheibe, langsam, in uns die sich windenden Körper der engen Schächte. Lichter, die sich vom Ufer lösen, und der große stumpfe Körper der Brücke, dem wir entgegenstreben, langsam, als träten wir auf der Stelle. Wie von einer großen flachen Hand zurückgeschoben, endet der Nebel, durchstoßen wir die stumme graue Wand, hinüber jetzt die Augen, wo sich das kalte Band des Flusses zieht, mit den wieder und wieder gespiegelten Lichtern von New Jersey. Manhattan, sinkendes Nebelschiff, dessen Takelage weithin widerstrahlt.

Stille. Die roten Heckleuchten des Wagens blitzen noch einmal auf, ehe sie verschwinden, inselabwärts. Schritte auf dem Asphalt, meine Schritte, vorbei an einem ausgebrannten Wagen, vorbei an öligen Tüchern, ein Kanister, ein Lenkrad, ein Schuh, Öl, Öl, Öl. Graue kalte Wand einer Garage, eine rollende Bierdose, Schritte, nichts als Schritte. Vorbei am Maschenzaun eines Parkplatzes, verrottet, ölige Pfützen, Unkraut, noch sind die erstickten Schreie in mir, die engen Gewölbe, das Rotlicht, die Nacht der Kehlen. Und ich gehe, in mir der jetzt hügelwärts ansteigende Wald, die kaltgrauen Stämme, hinter mir der schwarze Waldrücken mit den roten Warnlichtern der *Cloisters*, dort südwärts das breite helle Lichtband der in Nebel gehüllten Stadt. Fernes, ersticktes Rauschen der großen Maschine Manhattan, und hier Atem, Schritte, immer langsamere Schritte, Atem, den kaltgrauen Stämmen entgegen. Steine, Erde jetzt unter den Schuhen, nasses Laub. Die Augen südwärts nach der lodernden Stadt, das Licht tief in mir. Dann, tiefdunkel, nebelwärts, das Nebelhorn von einem Dampfer. Still, ganz still bin ich, fühle den schweren stählernen Körper dort draußen, fühle, wie der Tag in seinen Schatten geduckt herankommt, schließe die Augen, nichts bin ich als zwei offene Handteller, nur Hauch, nur Klang, als das Nebelhorn des Dampfers noch einmal tönt, endlos.